SOMMERSCHNEE

Andy Goldsworthy

Einführung von Judith Collins

ZWEITAUSENDEINS

Aus dem Englischen von Waltraud Götting.

1. Auflage, Juli 2002.

Copyright © 2001 Andy Goldsworthy (Fotografien und Text) und Cameron Books.
Einführung Copyright © Judith Collins.

Copyright © 2002 für die deutsche Ausgabe und Übersetzung bei Zweitausendeins,
Postfach, D-60381 Frankfurt am Main.
www.Zweitausendeins.de.

Lizenzausgabe mit freundlicher Genehmigung von Cameron Books, Moffat,
Dumfriesshire, Schottland.

Produziert von Jill Hollis und Ian Cameron,
Cameron Books, Moffat, Dumfriesshire, Scotland.

Gesetzt in Stone Sans bei Cameron Books, Moffat.
Farblithos von Graphic Studio, Bussolengo.
Gedruckt von Artegrafica, Verona, Italien.

Lektorat der deutschen Ausgabe: Ekkehard Kunze (Büro W, Wiesbaden).

Alle Rechte vorbehalten, insbesondere das Recht der mechanischen, elektronischen
oder fotografischen Vervielfältigung, der Einspeicherung und Verarbeitung in
elektronischen Systemen, des Nachdrucks in Zeitschriften oder Zeitungen, des
öffentlichen Vortrags, der Verfilmung oder Dramatisierung, der Übertragung durch
Rundfunk, Fernsehen oder Video, auch einzelner Text- und Bildteile.
Der gewerbliche Weiterverkauf und der gewerbliche Verleih von Büchern, CDs,
CD-ROMs, DVDs, Videos oder anderen Sachen aus der Zweitausendeins-Produktion
bedürfen in jedem Fall der schriftlichen Genehmigung durch die Geschäftsleitung
vom Zweitausendeins Versand in Frankfurt am Main.

Dieses Buch gibt es nur bei Zweitausendeins im Versand, Postfach, D-60381, Frankfurt
am Main, Telefon 069-420 8000, Fax 069-415 003. Internet www.Zweitausendeins.de,
E-Mail info@Zweitausendeins.de. Oder in den Zweitausendeins-Läden in Berlin,
Düsseldorf, Essen, Frankfurt am Main, Freiburg, 2x in Hamburg, in Hannover, Köln,
Mannheim, München, Nürnberg, Saarbrücken, Stuttgart.

In der Schweiz über buch 2000, Postfach 89, CH-8910 Affoltern a.A.

ISBN 3-86150-442–1

Andy Goldsworthy wird vertreten von: Haines Gallery, San Francisco; Michael Hue-
Williams Fine Art, London; Galerie Lelong, New York und Paris; Galerie S65, Aalst,
Belgien; Springer und Winckler, Berlin.

INHALT

EINFÜHRUNG	8
SOMMERSCHNEE	31
ENTSTEHUNG	36
INSTALLATION	47
Esche Kastanie Kiefer Holunder Buche	52
Stacheldraht Gerste Alteisen	80
Kuh Schaf Krähe	104
Kieselsteine Kreide	124
Roter Stein	141
DANK	158

EINFÜHRUNG
Judith Collins

Im August 358 baten ein wohlhabender römischer Bürger und seine Frau, die kinderlos geblieben waren und ihren Besitz zu Ehren der Jungfrau Maria verwenden wollten, Gott um Rat, wie sie dies am besten tun könnten. Maria erschien ihnen im Traum und sagte, sie sollten an einem Ort, der ihnen durch Schneefall gewiesen werde, eine Kirche errichten. Als sie Tags darauf bei hochsommerlicher Hitze auf ihrem Besitz auf dem Esquilin, einem der sieben Hügel Roms, spazieren gingen, entdeckten sie dort einen großen Schneefleck, der die Form einer Kirche hatte. An dieser Stelle ließ das Paar eine Kirche bauen und gab ihr den Namen Santa Maria della Neve – Heilige Maria vom Schnee.

Wenn es schneit, ist das im Allgemeinen eine freudige Überraschung für uns. Der Schnee kommt lautlos und hat seinen eigenen Kalender. Wir können keinen Schneefall inszenieren oder herbeizitieren. Oft verrät der Schnee etwas über die Beschaffenheit der Landschaft. Goldsworthy arbeitet gern mit den Materialien, die er vor Ort findet, und wenn er mit Schnee arbeiten will, muss er warten, bis das Wetter die Voraussetzungen dafür schafft. Das vorliegende Buch hat Goldsworthys Schneebälle und Schneezeichnungen zum Thema. Um Eis geht es hier nicht, obwohl er auch dieses Material oft verwendet hat. Schnee ist weich und formbar; Eis ist hart und scharfkantig und ergibt ganz andere Formen und Strukturen. Aus Schnee kann man sehr unterschiedliche Dinge machen; wenn man Blöcke für einen Iglu daraus schneidet, hat er glatte, gerade Seitenflächen, formt man ihn aber mit den Händen, ergibt sich ein annähernd rundes Gebilde. Als sich Goldsworthy im April 1989 in Grise Fiord in der kanadischen Arktis aufhielt, hatte er Zeit und Muße, seinen philosophischen Gedanken über Schnee und Eis nachzuhängen und sie zu dokumentieren: "Schnee ist Stein – es ist weißes Gestein. Schnee ist wie Sand, Eis ist wie Schiefer ... von allen Materialien, mit denen ich bisher gearbeitet habe, waren Schnee und Eis für mich immer die vergänglichsten, aber hier vermitteln sie ein Gefühl der Beständigkeit und machen mir bewusst, dass die Rhythmen, Zyklen und Jahreszeiten der Natur an verschiedenen Orten unterschiedlich beschaffen sind." Als Goldsworthy am Tag der Sommersonnenwende 2000 dreizehn Schneebälle in der Londoner Innenstadt verteilte, war dies für die Betrachter ein ebenso überraschendes Ereignis wie der Schnee auf dem Esquilin im Sommer 358.

Von 1975 bis 1978 war Goldsworthy Kunststudent an der technischen Hochschule Preston. In dieser Zeit experimentierte er mit seinen Ideen und bestimmte die Richtung seiner späteren künstlerischen Arbeit. In den 70er Jahren war Lucy Lippards *Six Years: The Dematerialization of the Art Object from 1966 to 1972* (Sechs Jahre: Die Dematerialisierung der Kunstobjekte von 1966 bis 1972) für Kunststudenten ein Brevier, eine Chronik der wichtigen Ausstellungen, Happenings, Veranstaltungen und Texte der Minimalisten und Performancekünstler, der Landart, der System- und Prozesskunst. Goldsworthy war besonders beeindruckt von der Arbeit zweier Künstler, Yves Klein und Joseph Beuys, die zu den führenden Vertretern der Concept Art gehörten. Besonders gut gefiel ihm Yves Kleins Fotomontage aus dem Jahr 1960, "Der Sprung ins Leere", die den Künstler zeigt, wie er sich scheinbar aus dem Fenster im ersten Stock der Pariser Wohnung seiner Agentin Colette Allendy in die Tiefe stürzt. Joseph Beuys war ein charismatischer Lehrer, der seinen Studenten Alternativen zu den von unseren sozioökonomischen Bedingungen diktierten Systemen zeigte und die besonderen kreativen Fähigkeiten des Einzelnen hervorhob. "Der Gedanke ist das erste Produkt", sagte er einmal bezüglich des schöpferischen Akts oder: "Sogar eine Kartoffel zu schälen kann Kunst sein." Bei einer seiner eindrucksvollen Performances – "Wie man dem toten Hasen die Bilder erklärt" –, die er 1965 in der Düsseldorfer Galerie Schmela veranstaltete, machte er sich selbst zur Skulptur, indem er seinen kahl rasierten Schädel mit Honig und Blattgold überzog, einen toten Hasen im Arm hielt und, mit ihm redend, von Bild zu Bild wanderte. "Ich habe ihm alles erklärt, was es zu sehen gab. Ich ließ ihn die Bilder mit den Pfoten berühren ... Eher begreift ein toter Hase die Bedeutung der Kunst als der so genannte gesunde Menschenverstand."

In Europa und Amerika begannen Künstler schon ein Jahrzehnt vor Goldsworthy mit ihren Arbeiten aus den Galerien und aus geschlossenen Räumen herauszugehen. Wie er, suchten sie neue Wege der Beschäftigung mit der Natur, mit ihren zeitlichen und räumlichen Aspekten, der Kurzlebigkeit ihrer Produkte und der Art ihres Verfalls. Goldsworthy arbeitet oft allein und ausschließlich mit Materialien, die er vor Ort findet, wobei er mit seinen Werken den Ort nur minimal und vorübergehend verändert. Dieses Prinzip, das im Zentrum seiner Arbeit steht, deckt sich mit dem anderer Landartkünstler wie beispielsweise Richard Long, und es spiegelt die Einstellung, die Barry Flanagan 1971 so ausgedrückt hat: "Bei meiner Arbeit habe ich eher das Wesen der Skulptur im Auge als meine eigene Vorstellung davon ... Auf diese Weise hoffe ich Dinge zu finden." Wenn es jedoch erforderlich ist, scheut sich Goldsworthy nicht, Werkzeuge, sogar Motorfahrzeuge zu benutzen, um an sein Ziel zu gelangen. So wirkt er dem Eindruck entgegen, "ein Romantiker" zu sein, der "einsam im Wald vor sich hin werkelt", und tatsächlich sind viele seiner Arbeiten nicht an entlegenen Orten, sondern im öffentlichen Raum entstanden. Öffentlichkeit ist für ihn ein Element, das ein Werk beeinflusst und ebenso zur Natur gehört wie die Wetterverhältnisse vor Ort und der vergängliche Charakter seiner Materialien. Wenn da, wo er arbeitet, unerwartet Menschen auftauchen, vergleicht er dies mit überraschend einsetzendem Regen oder Schneefall, mit Dingen also, die nicht in seiner Macht liegen. Goldsworthy ist zwar nicht der erste Künstler, der den Schnee für sich entdeckt hat, aber er hat ihn zu einem ureigenen Medium gemacht. Vor ihm haben der Deutsche Hans Haacke und der Amerikaner Dennis Oppenheim 1968 mit Schnee gearbeitet, und Joseph Beuys hat die volle Verantwortung für den Schnee übernommen, der zwischen dem 15. und dem 20. Februar 1969 in Düsseldorf fallen würde.

Goldsworthy selbst datiert den Beginn seiner künstlerischen Laufbahn auf das Jahr 1976, in dem er offiziell noch studierte. Seine erste Schneeskulptur entstand im Januar 1977, als zum ersten Mal in seiner Zeit als freier Künstler Schnee fiel und ihm als Arbeitsmaterial zur Verfügung stand. Er machte damals im Wald bei Leeds einen Schneeball von knapp einem Meter Durchmesser, indem er ihn in Schlangenlinien durch die Bäume rollte, sodass die Kugel immer größer wurde und eine schwarze Spur kahler Erde hinter sich ließ. In dieser frühen Arbeit sind bereits Ideen enthalten, die er seither in vielen seiner Werke weiterentwickelt hat. Zum einen ist da der Gegensatz zwischen der Kugel und der Linie, die sie im Schnee hinterlässt, woraus sich die Gleichung Ball versus Linie ergibt. Zum anderen ist da das Weiß des Schneeballs, das im Kontrast zu dem dunklen Streifen kahler Erde hinter ihm steht, ein Kontrast zwischen Hell und Dunkel, Weiß und Schwarz, Positiv und Negativ also. Die schlangenförmige Bewegung des Schneeballs um die Bäume lenkt die

EINFÜHRUNG

Erster Schneeball
Leeds, Yorkshire
Januar 1977

Aufmerksamkeit auf seine Entstehung, da er durch schneesammelndes Rollen geformt wurde. Man kann einen Schneeball auch an einer Stelle formen, indem man nach und nach mit den Händen immer mehr Schnee darauf packt. Dieser Schneeball im Januar 1977 entstand aus einer kleinen Kugel, die durch den Schnee gerollt wurde, bis sie so groß und schwer war, dass sie nicht mehr bewegt werden konnte. Goldsworthy hat der Arbeit einen Aspekt der Beständigkeit gegeben, indem er sie fotografisch dokumentiert hat, wie er es seither mit allen seinen vergänglichen Skulpturen getan hat. "Goldsworthy hält diese persönlichen Momente der Andacht in wunderbaren Fotografien fest. Er ist einer der sehr wenigen Landartkünstler, die den Nutzen der Fotografie zu schätzen wissen. Während die meisten seiner Kollegen der Meinung sind, dass ein künstlerisch anspruchsvolles Foto den eigentlichen, nichtfotografischen Gehalt ihrer Arbeit verschleiert, findet Goldsworthy die Fotografie zu Recht notwendig, um den Wert seiner Arbeit zu vermitteln." (John Beardsley, *Earthworks and Beyond*, 1998, S. 50)

An diesem Punkt sollten wir die chronologische Betrachtung unterbrechen und uns mit den Aspekten der Erinnerung und der Vergänglichkeit beschäftigen. Da fast alle Werke Goldsworthys mit natürlichen Materialien wie Blättern, Sand oder Schnee gemacht sind, kann er selbst das Ergebnis seiner Bemühung zwar an Ort und Stelle genießen, muss es aber fotografisch festhalten, damit andere auch etwas davon haben. Viele Dinge, die er gemacht hat, wurden nicht fotografiert. Sie konnten daher von niemandem gewürdigt werden und sind nur in seinem Gedächtnis abrufbar. Das ist in der Geschichte der bildenden Kunst nichts Neues. Viele große Bildhauer der italienischen Renaissance schufen für wichtige kirchliche, politische oder sportliche Feste und Veranstaltungen aufwendige Skulpturen, die nach der Beendigung des jeweiligen Ereignisses ausgedient hatten. "Sie hatten mit Sicherheit einen bedeutenden Einfluss auf die Bildung und Ausprägung des Stils, den wir heute nicht mehr würdigen können, weil sie fast immer abgebaut oder dem Verfall anheim gegeben wurden, wenn sie ihren Zweck erfüllt hatten." (Charles Avery, *Florentine Renaissance Sculpture*, 1970, S. 9)

Der nächste Schnee in der Gegend von Yorkshire, in der Goldsworthy lebte, fiel im Februar 1979, wenige Monate, nachdem er sein Studium abgeschlossen hatte. Er machte

gegenüber, oben:
Mit Erde überzogener Schneeball
gegenüber, unten:
Schneeball, aus dem letzten Schneerest in höherem Gelände gemacht und zu der Waldstelle getragen, von der die Erde für obigen Schneeball stammte
Bentham, Yorkshire
1979

EINFÜHRUNG

EINFÜHRUNG

wieder einen Schneeball von fast einem Meter Durchmesser, überzog ihn aber diesmal vollständig mit schwarzer Torferde aus einem nahen Wald. Diese kompakte Kugel deponierte er in der Mitte eines zugefrorenen Teichs, um den Eindruck eines schwarzen Vakuums zu erzeugen, das in einem weißen Vakuum schwebt. Die vereiste Oberfläche des Teichs gefiel ihm ausnehmend gut, weil er darüber laufen konnte, ohne Spuren zu hinterlassen. So konnte es aussehen, als sei das Gebilde ohne menschliches Zutun entstanden und dorthin gelangt, was dem logischen Schluss, dass es von irgendjemandem gemacht worden sein musste, diametral entgegenstand. Dieser Gedanke taucht immer wieder in Goldsworthys Werken auf, und er spielte eine entscheidende Rolle bei der Entstehung von "Sommerschnee".

Goldsworthy zufolge führt eine Arbeit häufig zur anderen; die zweite kann die erste ergänzen, sie kann aber auch im Gegensatz zu ihr stehen, indem sie die Eigenheiten und Unterschiede betont. Kurze Zeit nachdem er den schwarzen Schneeball auf dem zugefrorenen Teich deponiert hatte, machte er aus der letzten Schneeverwehung, die sich unter einer Hecke gesammelt hatte, einen Schneeball und brachte ihn zu der Stelle im Wald, von der er die schwarze Torferde genommen hatte. "Einen meiner ersten Schneebälle habe ich aus den Resten einer Verwehung gemacht, die im Schatten einer hohen, dichten Hecke liegengeblieben waren. Den Schneeball habe ich zu einem nahen Waldstück getragen, wo ansonsten kein Schnee mehr lag. Ein Ding, das wenige Tage zuvor, als der Boden noch schneebedeckt war, ganz normal ausgesehen hätte, war jetzt etwas Überraschendes." (Gespräch mit Conrad Bodman, Anfang Juni 2000) Auch diese Arbeit und das darin enthaltene Überraschungsmoment geben einen Vorgeschmack auf "Sommerschnee" in der Innenstadt von London.

Als es im März 1979 in Yorkshire wieder schneite, fand Goldsworthy, der zu dieser Zeit in Clapham arbeitete, neue Impulse für seine Schneeballskulpturen. Zuerst modellierte er einen großen Schneeball so um einen krumm gewachsenen Baumstamm, dass es aussah, als würden die schwarzen Äste aus der weißen Kugel herauswachsen. Im selben Monat machte er in Bentham einen kleinen Schneeball und färbte seine Oberfläche mit zerstoßenen Blättern grün. Im Februar 1980 überzog er, ebenfalls in Bentham, einen großen Schneeball mit Farn und machte auf diese Weise wieder eine dunkle Kugel daraus. Als Nächstes platzierte er einen vollkommen weißen Schneeball auf einer weißen Schneefläche, sodass sich zusammen mit seinen früheren Arbeiten in der fotografischen Dokumentation ein komplementäres Ganzes ergibt. Im selben Monat befestigte er im Robert-Hall-Moor in Lancashire einen Schneeball so an schlanken, gerade gewachsenen Baumstämmen inmitten einer Gruppe ähnlicher Stämme, dass er aussah wie ein in der Luft schwebendes Gebilde. Auf der Fotografie dieser Arbeit kann man das Ganze auch als Mond vor dem Hintergrund des Himmels interpretieren. (*Andy Goldsworthy*, 1991, S. 41)

Im Mai 1981 formte Goldsworthy in Ilkley, Yorkshire, aus den letzten auf einer Anhöhe noch liegen gebliebenen Schneeresten einen Schneeball und trug ihn mit seinem Bruder in ein tiefer gelegenes Waldstück, wo der Schnee bereits geschmolzen war. Es macht ihm Spaß, seine Werke in eine andere Umgebung zu versetzen, um zu sehen, wie sie dort wirken, und um die Aufmerksamkeit auf die Beschaffenheit und Eigenart des verwendeten Materials zu lenken. Er fotografierte den Schneeball an seinem neuen Standort, doch als er kurze Zeit später zurückkam, um einen Blick darauf zu werfen und das erste Bild einer Fotoserie vom Schmelzprozess zu machen, sah er, wie ein Spaziergänger, der den Schneeball von einem Weg aus entdeckt hatte, hinüberging und ihn absichtlich in einen nahen Bach kickte. Goldsworthy war verwundert über die Reaktion des Mannes. Vielleicht war die Tatsache, die zur Entstehung des Schneeballs geführt hatte, dass er nämlich nicht an diesen Ort gehörte, dass er irgendwie fehl am Platz war, gleichzeitig der Grund für seine Zerstörung.

Schneeball, aus höherem
Gelände
heruntergebracht
Ilkley, Yorkshire
Mai 1981

Im folgenden Winter gab Goldsworthy seiner Arbeit mit dem Schnee eine neue Richtung. Bisher hatte er sich mit der kurzlebigen Natur dieses Mediums abgefunden, nun aber machte er einen Schneeball mittlerer Größe und lagerte ihn in der Tiefkühltruhe seiner Mutter. Dabei schwebte ihm noch keine Ausstellung vor, er hatte nur die Idee, den Verfallsprozess aufzuhalten, den Schnee aus seinem jahreszeitlichen Bezug herauszulösen. Schließlich war der tiefgefrorene Schneeball im Sommer 1982 unter dem Titel "Sculpture for a Garden" Teil einer Gruppenausstellung in den italienischen Gärten des Tatton Park in Cheshire. Zum ersten Mal stellte Goldsworthy hier mitten im Sommer einen tiefgefrorenen

EINFÜHRUNG

Schneeskulptur
Helbeck, Cumbria
März 1984

EINFÜHRUNG

Schneeball, im April 1985 in Ilkley, Yorkshire, gemacht und geschmolzen in der Galerie Coracle Press, Camberwell, London Mai 1985

Schneeball aus und ließ ihn vor Ort schmelzen. Er hatte bereits im Juli 1982 vorgehabt, diesen Schneeball im Rahmen seiner Einzelausstellung in der Serpentine Gallery in Kensington Gardens zu präsentieren, war aber mit seinem Anliegen auf taube Ohren gestoßen.

Im März 1984 ergab sich in Helbeck, Cumbria, wo Goldsworthy inzwischen wohnte, wieder die Gelegenheit, mit Schnee zu arbeiten. Diesmal rollte oder formte er keine Kugeln daraus, sondern er schnitt mit einem Stock aus verharschten Blöcken Bogenformen, die aussahen wie die Linie eines sich schlängelnden Bachs oder wie die Spur, die entsteht, wenn man einen großen Schneeball um Bäume herum rollt. Die Bogenformen trug er etwa hundertfünfzig Schritte weit zu einer Stelle, wo kein Schnee mehr lag, und stellte sie dort aufrecht auf ein Wiesenstück.

Die Idee, tiefgefrorene Schneebälle als Objekte zu installieren, wollte Goldsworthy nun schon seit geraumer Zeit realisieren, aber erst als Simon Cutts ihm im Mai 1985 eine Ausstellung in seiner Galerie Coracle Press in der Camberwell New Road 233 in London antrug, bot sich ihm wieder eine Gelegenheit dazu. Im April dieses Jahres hatte er den letzten Schneefall genutzt, um aus dem pappigen Schnee eine große Kugel zu rollen und einzufrieren. Der Schneeball enthielt alles, was sich damals auf dem Boden befunden hatte, einschließlich einiger Osterglocken. Am 3. Mai wurde der tiefgefrorene Schneeball direkt auf den Holzfußboden der Galerie Coracle Press gelegt, und es dauerte drei Tage, bis er geschmolzen war. Beim Schmelzen gab er seinen Inhalt frei, der in einem Kreis um die Stelle, an der er gelegen hatte, zurückblieb. Die Anordnung dieser Hinterlassenschaften war weder geplant noch in irgendeiner Weise künstlich arrangiert: "Während seiner Entstehung hatte er alle möglichen Dinge aufgenommen – Zweige, Samenhülsen, Blüten –, und beim Schmelzen gab er sie wieder frei. Die Osterglocken sahen aus wie gelbe Lichter, als sie an die Oberfläche kamen. Mir wurde bewusst, welche Möglichkeiten sich boten, wenn ich bei der Entstehung bestimmte Materialien einarbeitete, die dann beim Schmelzen wieder zum Vorschein kommen würden." (Goldsworthy/Bodman, 2000). So hatte ein zufälliger Effekt Goldsworthy auf den Gedanken gebracht, in den nächsten Schneeball absichtlich Materialien einzuarbeiten, sodass er den natürlichen Vorgang unter arrangierten Bedingungen

EINFÜHRUNG

wiederholen konnte. Die Ausstellung in der Galerie Coracle Press hatte den Titel "Evidence" (Spuren), und die Blumen und Pflanzenteile, die auf den Holzdielen zurückblieben, nachdem der Schneeball geschmolzen war, wirkten wie eine poetische Veranschaulichung dieses Mottos.

Aufgrund der Erfahrungen, die er mit der Ablehnung des Schneeballs in der Serpentine Gallery und dem Schmelzen des gefüllten Schneeballs bei Coracle Press gemacht hatte, sah sich Goldsworthy nach einem Ausstellungsort für das nächste Werk dieser Art um. Zwischen 1985 und Ende 1988 entstanden nur wenige Schneeskulpturen, einfach deshalb, weil es kaum Schnee gab. Als man ihm für Juli 1989 eine Ausstellung im Transportmuseum von Glasgow, im ehemaligen Straßenbahndepot der Stadt, anbot, erkannte er darin eine großartige Gelegenheit, mitten im Sommer mehrere tiefgefrorene Schneebälle in einem urbanen Umfeld zu zeigen.

Mit einigen Helfern rollte er im Januar 1989 im Glen Shee bei Blairgowrie, Perthshire, achtzehn große Schneebälle. Zu dieser Jahreszeit hatte er eigentlich wahre Schneemassen erwartet, aber ungewöhnlich milde Temperaturen machten ihm drei Wochen lang einen Strich durch die Rechnung. Er erinnert sich, wie nervös und ungeduldig er in dieser Zeit des Wartens war, in der er sich ständig fragte, wann und wie viel es schneien würde: "Das Warten war ebenso wichtig wie das Machen. Manchmal hatte ich das Gefühl, dem Himmel den Schnee abzubetteln. Als es dann schneite, löste sich die Spannung, was den Schneebällen wiederum Energie verlieh." Die Entscheidung, achtzehn Schneebälle zu machen, fiel, nachdem Goldsworthy den Raum, der im Straßenbahndepot zur Verfügung stand, ausgemessen hatte. "Als der Prozess erst einmal in Gang gesetzt war, stellten die Schneebälle ihre eigenen Forderungen, sie wurden zu einer unabhängigen Kraft, die den Bergen abgetrotzt werden musste, was mich daran erinnerte, wie die Arbeiter im Steinbruch vom Gewinnen eines Steins sprechen. Durch die Mühe und die Anspannung haben die Schneebälle Eigenschaften bekommen, an die ich im Traum nicht gedacht hätte."

Die Schneebälle wurden nicht weit vom Ort ihrer Entstehung in einem Kühlhaus der Firma Christian Salvesen in Blairgowrie eingelagert. Am 28. Juli wurden sie dann mit Kühltransportern nach Glasgow gebracht und dort in der Halle abgeladen, in der früher einmal die Straßenbahnen gestanden hatten. Goldsworthy ordnete sie in drei Sechserreihen parallel zu den Schienen an. Die verschiedenen Füllmaterialien für die achtzehn Schneebälle hatte er einige Zeit im Voraus ausgesucht und gesammelt, und zwar vorwiegend im unmittelbaren Umkreis des Hauses in Dumfriesshire, in dem er inzwischen seinen Lebens- und Arbeitsmittelpunkt hatte. Es waren dies: trockene Kiefernnadeln, Hartriegel, Schilfgras, Eichenzweige, Kieselsteine, Stengel von Kastanienblättern, Kastanien, frische Kiefernnadeln, Schiefer, Kastanienblätter, Erde, Kreide (in Dorset für ihn gesammelt), Eschenfrüchte, Stengel von Weidenröschen, Osterglocken (eine Rückbesinnung auf den Zufallseffekt von 1985), Birkenzweige, Steine und Fichtenzapfen – durchweg wohlbekannte und geschätzte Materialien, die er schon für viele Skulpturen verwendet hatte; einer der Schneebälle enthielt nichts als Schnee. Es dauerte etwa vier Tage, bis die Schneebälle geschmolzen waren. "Wenn der Schnee schmilzt", schreibt Goldsworthy, "treten die verborgenen Dinge allmählich zutage – Spuren der Zeit auf dem Fußboden. Von Lawinen mitgerissene Steine, aus einer Uferböschung herausgeschwemmte Erde, Vogelmist, Federn, die Überreste einer Jagdbeute, Früchte, vom Wind verwehte Zweige, Blätter ... eingefangen im Fall und in der Bewegung des Schnees. Losgelöst vom Ort und von der Jahreszeit – aufgehoben im Schnee und in der Zeit ... Jeder Schneeball wird beim Schmelzen sein eigenes Thema und sein eigenes Muster offenbaren. Sein Inhalt wird sich an der Oberfläche sammeln und dann zu Boden fallen. Schnee von unterschiedlicher Konsistenz schmilzt unterschiedlich. Ich kann die einzelnen Schneebälle erst dann richtig begreifen, wenn sie geschmolzen sind, bin mir des Potentials, das in ihnen steckt, jedoch stets bewusst. Die Aspekte des Schmelzens kann man am besten in der Stille eines geschlossenen Raums erfassen. Die Schneebälle sprechen umso lauter, wenn sie in den Bergen

gegenüber, und folgende vier Seiten:
"Sommerschnee"
Tramway (altes Straßenbahndepot),
Glasgow
Juli 1989

EINFÜHRUNG

WEIDENRÖSCHENSTENGEL

FICHTENZAPFEN

KREIDE

TROCKENE KIEFERNNADELN

HARTRIEGEL

SCHILFGRAS

EICHENZWEIGE

KIESELSTEINE

STENGEL VON KASTANIENBLÄTTERN

FRISCHE KIEFERNNADELN

SCHIEFER

KASTANIENBLÄTTER

ERDE

ESCHENFRÜCHTE

EINFÜHRUNG

OSTERGLOCKEN

SCHNEE

BIRKENZWEIGE

STEIN

EINFÜHRUNG

Schneeballzeichnung mit
Robbenblut
Ellesmere Island
kanadische Arktis
März 1989

gemacht wurden und in der Stadt schmelzen." (*Hand to Earth*, Leeds City Art Gallery, 1990). Als die achtzehn Schneebälle im Straßenbahndepot schmolzen, war Goldsworthy am nachhaltigsten beeindruckt von dem Fleck und den Spuren, die der mit Kreide gefüllte Schneeball hinterließ. Damals wurde ihm klar, dass er mit den verschiedenen Inhalten Zufallszeichnungen auf dem Boden erzeugen konnte.

Eine ähnliche Erfahrung hatte er schon wenige Monate zuvor gemacht, als er sich vom 22. März bis 20. April 1989 im Rahmen eines Arbeitsprojekts in Grise Fiord auf der Insel Ellesmere in der kanadischen Arktis aufhielt. In Grise Fiord, "einem Ort, an dem der Schnee nie schmilzt", befand sich Goldsworthy im Land der Inuit, zu denen auch sein Assistent und Fremdenführer Looty Pijamini gehörte. Die Inuit leben seit mehr als 4000 Jahren in der ursprünglichen Kargheit der Arktis, wo die Tiefsttemperaturen zwischen minus 60 und minus 30 Grad Celsius schwanken. Durch das Leben in dieser unerbittlichen, aber faszinierenden Welt haben die Inuit eine tiefe, vollkommene Verbindung zu ihrer Umgebung und Ehrfurcht vor dem entwickelt, was sie zu bieten hat, nämlich Schneeblöcke für ein schützendes Haus und Steine, Knochen und Häute für Gebrauchsgegenstände und Kleidung. In Grise Fiord hat Goldsworthy viel über

EINFÜHRUNG

den Schnee gelernt: "Heute habe ich mit vier verschiedenen Sorten Schnee gearbeitet, und Looty hat für jede einen Namen; als ich einmal Schnee zusammenbacken wollte, sagte er, dafür nehmen wir diesen pulvrigen Schnee – nicht diese Sorte Pulverschnee, sondern diese hier. Das eine war ein vereister Pulverschnee, das andere nicht ... Wir kamen zu einem Haufen vom Wind zusammengewehten Schnees, von dem Looty sagte, er sei für meine Zwecke geeignet, aber zum Häuserbauen würden sie diesen 'kalten Schnee' nicht nehmen, weil er zu viel Luft enthielt. Für ihre Häuser würden sie, wie er sagte, 'warmen Schnee' suchen ... Ich fand den Schnee, den er mir gezeigt hatte, sehr gut zum Arbeiten, aber man musste sehr vorsichtig mit ihm umgehen. Ich bin Schnee gewohnt, der gefroren ist ... dieser ist nicht gefroren, sondern vom Wind zusammengedrückt ... es ist kein nasser, gefrorener Schnee. Und manchmal fällt er einfach auseinander, wenn man ihn zu grob anfasst. Durch die Kälte hat der Schnee hier eine ganz eigene Beschaffenheit und Energie, und 'nass' gehört nicht zu seinen Eigenschaften." (Andy Goldsworthy, *Touching North*, 1989). Für die Inuit ist Schnee in erster Linie ein lebensnotwendiges Material, kein Stoff, aus dem Kunst entsteht, obwohl Goldsworthy durchaus bemerkt hat, dass sie auch zu ihrem eigenen Vergnügen kleine Schneeskulpturen fertigen, die spurlos wieder verschwinden.

In Grise Fiord entstanden neben den Skulpturen auch Goldsworthys erste Schneezeichnungen, die ihren Ursprung in einem Jagderlebnis hatten. "Eines Tages ging Looty, mein Fremdenführer und Assistent, mit seinem Sohn auf der Insel Ellesmere auf die Jagd. Ich begleitete sie. Wir stießen auf einen Bruch im Eis, in dem eine Robbe ein Loch zum Auftauchen und Atemholen hatte." Goldsworthy sah zu, wie Looty die Robbe mit einer Harpune erlegte, das Tier durch das Loch heraufzog und auf einen Schlitten lud, um es nach Hause zu bringen. "Aus dem Maul der Robbe tropfte dickflüssiges, dunkelrotes Blut auf das Eis. In dieser weißen Eislandschaft ging von dem warmen, dunklen Blut eine starke Wirkung aus ... ich hatte das Bedürfnis, diese Momente festzuhalten. Es ist schwierig, etwas zum Thema Robben zu machen ... und ohne dieses Element wird die Jagd auf eine Weise emotional befrachtet, die dem eigentlichen Geschehen nicht gerecht wird. Ich formte aus Schnee und Robbenblut rote Schneebälle und ließ einen davon schmelzen, sodass ein Rinnsal zwischen meinen Fingern hindurch auf ein Papier tropfte und dort ein Muster hinterließ, das wie eine Blutspur aussah. Einen zweiten Schneeball legte ich auf ein Papier, und nachdem er zu schmelzen begann, bewegte ich ihn in einem Bogen über die Papierfläche, wie ihn eine Robbe vielleicht beschreiben würde, wenn sie zum Atemholen auftaucht."

Das Töten der Robbe auf der Ellesmere Island war ein eindrucksvolles Erlebnis für Goldsworthy, für Looty und seinen Sohn dagegen etwas ganz Alltägliches – für sie bedeutete die Robbe Nahrung und Kleidung. Goldsworthy, der als Außenseiter Zeuge des Geschehens wurde und nach einem Weg suchte, das Töten dieses Tiers künstlerisch zu verarbeiten, empfand es als einen Akt der Befreiung, das dunkle Blut in einem kleinen Schneeball zu komprimieren. Als er die Spuren sah, die der Schneeball beim Schmelzen hinterließ, war die Idee für eine ganz neue Werkserie geboren ... die Schneeballzeichnungen. Im Allgemeinen bewegt Goldsworthy einen Schneeball nicht mehr, wenn er ihn einmal auf das Papier gelegt hat. Bei dieser ersten Robbenblutzeichnung hatte er jedoch das Bedürfnis, mit dem Schnee und dem Blut eine Spiralform, einen elliptischen Schnörkel zu erzeugen, dem Bogen nachempfunden, in dem eine Robbe zu ihrem Atemloch schwimmt und auftaucht.

Die Erfahrungen auf Ellesmere Island im März 1989 und in Glasgow, wo er vier Monate später die gefüllten Schneebälle schmelzen ließ, gaben Goldsworthys Schneezeichnungen weitere Impulse und einen neuen Sinn: "Im folgenden Winter machte ich mit Erde und Beeren vermischte Schneebälle und ließ sie auf Papier schmelzen. Die meisten taugten nichts. Sie waren nicht stark genug. Bis ich damit im Atelier war, waren die Farben weitgehend verwässert, und die Flecken, die auf dem Papier zurückblieben, waren zu schwach. Folglich sammelte ich Erde und Schnee getrennt und vermischte beides erst kurz bevor ich den Schneeball zum

Beim Schneesammeln in Moskau und eine der daraus entstandenen Schneeballzeichnungen März 1991

Schmelzen auf das Papier legte." Im Winter 1990 mischte Goldsworthy in Drumlanrig, Schottland, für seine Zeichnungen Schnee mit Pflanzensamen. Er nennt seine Schneeballzeichnungen "Landschaftsbilder" und spielt damit auf die Art an, in der das Papier auf das Wasser reagiert, als wäre es eine Landschaft in der Entstehung. Das Blatt Papier, das als Unterlage für den gefüllten Schneeball dient, verhält sich wie eine geologische Schicht. Eine Landschaft wird durch Wasser geformt und ausgeschwemmt, durch die Einflüsse von Schnee, Eis und fließendem Wasser, das in ihre Schichten dringt. Das Schmelzen des Schneeballs spiegelt diesen Prozess wider, wobei das Papier, das sich durch das freigesetzte Wasser krümmt und wellt, zu einem aktiven Bestandteil der Zeichnung wird. "Wenn der Schneeball getrocknet ist, schüttele ich das Papier und fege die lose Erde mit einer Feder herunter. Ich tue dies aus praktischen Erwägungen, aber mir gefällt auch der Eindruck der Erosion, der dadurch entsteht. Die ursprünglichen Strömungen und Schichten offenbaren sich – eine Landschaft unter der Landschaft – als das Land selbst." Durch den unterschiedlichen Feuchtigkeitsgehalt des Papiers und der Luft in seinem Atelier lassen sich eindrucksvolle Effekte erzielen. Wenn die Raumtemperatur verändert wird, reagiert das Papier anders. Es dauert zwei bis drei Tage, bis sich eine Schneeballzeichnung gebildet hat, und in dieser Zeit muss Goldsworthy die Luftzufuhr um das Papier herum regulieren, damit es nicht anfängt zu schimmeln. Irgendwann möchte er ein paar Zeichnungen schimmeln lassen, um zu sehen, welcher Effekt dabei entsteht. Am faszinierendsten findet er immer das erste Rinnsal des Schmelzwassers, das "als kleiner Ausläufer wie ein keimendes Samenkorn" erscheint.

Seit den spektakulären Anfängen auf Ellesmere Island hat Goldsworthy in regelmäßigen Abständen Schneeballzeichnungen mit verschiedenen Beimischungen gemacht. Während eines Arbeitsaufenthalts in Russland im März 1991 entstanden Schneeballzeichnungen, für die er den schmutzigen Schnee von Moskauer Plätzen verwendete und damit demonstrierte, dass diese Art der Arbeit auch ein städtisches Umfeld widerspiegeln kann.

Im August 1992 erhielt Goldsworthy im Rahmen des Edinburgh Festival in der Fruitmarket Gallery in Edinburgh erstmals Gelegenheit, seine Eis- und Schneezeichnungen auszustellen.

EINFÜHRUNG

Schneeball vom Fuji,
zwischen verkohlten
Bäumen abgelegt
Nashigahara, Japan
11. Mai 1993

Schneeball am Ben Nevis
Schottisches Hochland
12. Januar 1993

EINFÜHRUNG

Obwohl in der Waagerechten entstanden, wurden die Zeichnungen nicht auf dem Fußboden der Galerie ausgebreitet, sondern an den Wänden aufgehängt, was Goldsworthy so erklärt: "Diese Bilderserie wird vertikal aufgehängt, wobei der Schneeballabdruck im Allgemeinen in der oberen Hälfte des Bildes erscheint. Ich habe nicht den Wunsch, die Bilder so zu zeigen, wie der Schnee darauf geschmolzen ist ... also flach hingelegt. Wenn ich das tun würde, wären sie weniger anschaulich. So aber sind sie die Antwort auf die Natur, wie man sie aus der Entfernung sieht, in der die zugrunde liegenden Fluss- und Gesteinsstrukturen erkennbar sind – es sind Landschaften. Wenn ich die Absicht hätte, liegende Bilder zu zeigen, würde ich die Schneebälle direkt auf dem Fußboden schmelzen und dort Zeichnungen entstehen lassen (was ich sicher einmal tun werde)." Diesen Gedanken setzte Goldsworthy im August 2000 im Londoner Barbican Centre um, wo er in der Curve Gallery einen mit gemahlenem roten Stein vermischten Schneeball auf dem Boden schmelzen ließ, sodass eine Schneezeichnung entstand. Seine bisher größte Schneeballzeichnung, "Begegnung der Berge", schuf Goldsworthy im Mai 1993 im japanischen Nashigahara. Für dieses Werk, dem die Idee zugrunde liegt, zwei Kontinente zu verbinden, ließ Goldsworthy einen mit Erde vom Fuji vermischten Schneeball am Ende einer 4,5 Meter langen Papierbahn schmelzen, an deren anderem Ende sich eine schon vollendete Schneezeichnung mit Erde vom Ben Nevis in Schottland befand. Durch seine Schneearbeiten in Japan, in der Arktis und auch in seiner britischen Heimat hat Goldsworthy die Erfahrung gemacht, dass "jede Art von Schnee, den ich verwende, in konzentrierter Form das Wetter repräsentiert, das ihn hervorgebracht hat." (*Touching North*, 1989). Zufällig arbeitete Goldsworthy gerade an einer Installation für das Setagaya-Kunstmuseum in Tokio, als es in Japan im Februar und März 1994 so heftig schneite wie schon seit 25 Jahren nicht mehr. Die unerwarteten, aber sehr willkommenen Schneemassen animierten ihn, vor dem Museum einen riesigen Schneeball zu machen, anfangs in Schnee eingebettet, aber schon bald der einzige Schnee weit und breit.

Die Ausstellung der achtzehn Schneebälle im ehemaligen Straßenbahndepot von Glasgow im Sommer 1989 brachte Goldsworthy auf die Idee, den Vorgang zu wiederholen, diesmal aber im Freien und vor einer lebendigen, pulsierenden Großstadtkulisse. Fast hätte sich die Gelegenheit dazu in Chicago ergeben, wo Goldsworthy im Februar 1998 Gespräche mit

Entwürfe für drei mögliche Standorte für das Projekt "Sommerschnee" in der Londoner Innenstadt, mit Tipp-Ex auf Fotoabzüge gemalt
1998

EINFÜHRUNG

Schneeball, fertig für den
Transport zum Kühlhaus
Glen Shee, Perthshire
Anfang 1999

Verantwortlichen des Museums für zeitgenössische Kunst führte und den Vorschlag unterbreitete, im Winter in den Vereinigten Staaten mit Samenkörnern und anderem organischen Material vermischte Schneebälle zu machen, sie einzufrieren und im Sommer in den Straßen Chicagos an verschiedenen Punkten schmelzen zu lassen. Er erkundete die Stadt, machte Fotos und malte mit Tipp-Ex weiße Kugeln darauf, um zu zeigen, wo man die Schneebälle platzieren konnte und wie das aussehen würde. Seine Absicht war, die Schneebälle am Ende des 20. Jahrhunderts zu machen, sie einzufrieren und dann schmelzen zu lassen, sodass sie ihren Inhalt im 21. Jahrhundert freigaben. Leider zerschlug sich das Projekt in den Vereinigten Staaten, und Goldsworthy musste die Idee aufschieben, bis sich ein geeigneter Ort fand, und dieser Ort sollte das Barbican Centre in London sein.

Durch die ausführlichen Gespräche in Chicago hatte sich die Idee, Schneebälle in einem großstädtischen Umfeld – nicht in den Räumen einer Galerie, sondern tatsächlich auf der Straße – zu platzieren, bei Goldsworthy noch verfestigt. Was ihn interessierte, war die Reaktion der Betrachter. Er ging zu Recht davon aus, dass nur wenige Menschen bereit sind, eine Kunstgalerie innerhalb weniger Tage mehrmals zu besuchen. Wenn die Schneebälle aber auf belebten Straßen der Londoner Innenstadt deponiert wurden, würden die Leute sie auf dem Weg zur Arbeit sehen und auf dem Heimweg wieder daran vorbeikommen. Am nächsten Morgen würden sie sich dem Ort vielleicht mit einer gewissen Erwartungshaltung nähern, weil sie neugierig waren, was aus den Schneebällen geworden sein mochte. Goldsworthy war der Meinung, dass es den Dialog mit den Betrachtern fördern würde, wenn er die Schneebälle in der Innenstadt von London platzierte, wobei er allerdings darauf vertrauen musste, dass die Londoner sie nicht mutwillig zerstörten. Immerhin hatte er in Leeds erlebt, wie einer seiner Schneebälle absichtlich in einen Bach befördert wurde. Die Ungeschütztheit der Schneebälle war ein integraler Aspekt der Arbeit. "Ich begreife die Konfrontation als einen Teil des Projekts, auch wenn sie nicht sein Zweck ist."

Als es darauf ankam, über die Beimischung der Schneebälle für London zu entscheiden, ging Goldsworthy noch einmal die Materialien durch, die er für Glasgow benutzt hatte. Von diesen behielt er Kreide, Kieselsteine und Eschenfrüchte bei. Neu hinzu kamen für die Londoner Ausstellung Buchenäste, Schafwolle, Krähenfedern, Kastanien, Kiefernzapfen, Holunderbeeren, Gerstenähren, Stacheldraht, Haare von schottischen Hochlandkühen und verrostete Teile von landwirtschaftlichen Geräten, die er auf den Feldern gefunden hatte. Die Materialien nahmen nicht zuletzt deshalb Bezug zu Tieren und Pflanzen, weil sie den Londonern zeigen sollten, dass ihre Nahrung vom Land stammt, dass die Großstadtbewohner von dem leben, was außerhalb der Grenzen ihrer Stadt liegt.

Die Gegend um das Barbican Centre gefiel Goldsworthy gut als Standort für seine Schneebälle, weil dieser im Gegensatz zum Ort ihrer Entstehung so großstädtisch wie möglich sein sollte. Ebenso interessant war für ihn die Tatsache, dass dieses Viertel die ältesten und die jüngsten Teile der Stadt vereinigt und somit den Gedanken der Veränderung sehr eindrucksvoll illustriert. Es gibt dort heute noch Reste der römischen Bebauung und der alten Stadtmauern; der Fleischmarkt im nahen Smithfield findet seit dem 12. Jahrhundert an dieser Stelle statt. Der schwere Bombenhagel des Zweiten Weltkriegs, der das ganze Viertel in Schutt und Asche legte, brachte die alten architektonischen Strukturen zutage. Zwei Jahrzehnte lang blieb das Viertel unbebautes Trümmergelände. Das heutige Barbican Centre mit seinen Apartment- und Bürohochhäusern und dem Kulturzentrum wurde 1982 fertiggestellt.

Die ersten sieben der vierzehn für das Barbican Centre bestimmten Schneebälle wurden im Januar und Februar 1999 in Schottland in Dumfriesshire und in der Nähe von Blairgowrie, Perthshire, gemacht. Sie wurden nicht gerollt, sondern Schicht für Schicht aufgebaut und mit dem jeweiligen Material durchsetzt und dann mit einem Anhänger zu einem Kühlhaus in Dumfries gebracht. Die anderen sieben entstanden auf dieselbe Weise im Dezember 2000 in Perthshire. Alle hatten einen Durchmesser von etwa zwei Metern und ein Gewicht von ein bis zwei Tonnen. Für die Zahl Vierzehn entschied sich Goldsworthy einfach deshalb, weil das die Zahl der Schneebälle war, die auf die zwei für die Reise in den Süden zur Verfügung stehenden Lkws passten.

Goldsworthy war sich der Logistik bewusst, die erforderlich war, um diese großen und zerbrechlichen Objekte in der Nacht der Sommersonnenwende 2000 zwischen Mitternacht und sechs Uhr morgens auf einem Gebiet von drei Quadratkilometern zu verteilen. Damit die Überraschung bis zum Morgen fertig wurde, musste alle zwanzig bis dreißig Minuten ein Schneeball an seinem Standort abgeladen werden. Alle Beteiligten würden gegen die Zeit arbeiten. Bei Tagesanbruch mussten Helfer, Lkws und Gabelstapler verschwunden sein. Nichts sollte mehr auf die Mühe hindeuten, die es gekostet hatte, die Objekte zu installieren; die Schneebälle sollten für sich selbst sprechen: ein stilles, subversives Gegenwärtigsein.

Als der Morgen des 21. Juni dämmerte, kündigte sich ein kühler, bewölkter Tag an – ein typisch englischer Sommertag. Goldsworthy hatte sich Gedanken über das Wetter und das Tempo des Schmelzprozesses gemacht. Bei verhältnismäßig kühler Witterung würden die Schneebälle, sofern sie nicht mutwillig zerstört wurden, länger halten als bei hochsommerlicher Hitze. Wirklich abträglich würden ihnen jedoch milde Temperaturen und Regen sein. Glücklicherweise blieb es trotz des bewölkten Himmels weitgehend trocken.

Dreizehn Schneebälle wurden nun an ganz unterschiedlichen Standorten, meist direkt auf dem Straßenasphalt oder Gehsteigpflaster, deponiert, manche davon an geschützterer

EINFÜHRUNG

Stelle in einem Hof oder hinter einem Zaun oder einem Tor. In einigen Fällen war der Ort so gewählt, dass er einen Bezug zu dem Material hatte, das dem Schneeball beigemischt war. Beispielsweise wurde der mit Kuhhaaren aus Goldsworthys schottischer Heimat vermischte Schneeball in der Nähe des Smithfield-Fleischmarkts abgelegt. Die drei mit Eschenfrüchten, Kastanien und Kiefernzapfen vermischten Schneebälle wurden in der Silk Street vor dem Eingang des Barbican Centre, die zwei mit Holunderbeeren und Buchenästen in der Moorgate Street abgelegt; der Schneeball, der Kreide enthielt, kam auf den Friedhof Bunhill Fields; die mit der Schafwolle und den Krähenfedern fanden ihren Standort auf dem Charterhouse Square; der mit Stacheldraht durchzogene wurde hinter ein verriegeltes Tor in der St. John Street gelegt, der mit den landwirtschaftlichen Schrottteilen in die Garage eines leerstehenden Ladens in der Lindsey Street. Der mit Gerstenähren vermischte Schneeball wurde an der Ecke Long Lane und Lindsey Street, der mit Kieselsteinen aus dem River Scaur in Schottland gefüllte in einer Nische der alten Londoner Stadtmauer deponiert.

Der vierzehnte Schneeball wurde für die Ausstellung "Time" in der Curve Gallery im Barbican Centre zurückgehalten, bei deren Eröffnung am 31. August 2000 er auf dem Fußboden der Galerie schmelzen sollte. Er war mit rotem Pulver vermischt, zu dem Goldsworthy Steine aus einem Bach in der Nähe seines Wohnhauses verrieben hatte: "Ich habe mit diesem Rot überall in der Welt gearbeitet – in Japan, Kalifornien, Frankreich, Großbritannien und Australien – eine Ader, die sich um den Erdball zieht. Sie hat mich etwas über den Fluss, die Energie und das Leben gelehrt, die einen Ort mit einem anderen verbinden. Der Stein ist rot wegen seines Eisengehalts, aus dem gleichen Grund also, aus dem auch unser Blut rot ist." (Goldsworthy/Bodman, 2000). Der beim Schmelzen entstehende rote Fleck würde mit den vielen anderen Werken korrespondieren, in denen Goldsworthy seit der ersten Schneeballzeichnung mit Robbenblut die Farbe Rot verwendet hatte. Wegen der Sicherheitsbestimmungen durfte Goldsworthy den Schneeball nicht während der Ausstellungseröffnung schmelzen lassen; er musste ihn vielmehr ein paar

Zeichnungen mit Schnee und Erde
Sculpture Farm
Runnymede, Kalifornien
Juni 1994

Tage vorher installieren und das sich bildende Schmelzwasser und den Wasserfleck, der sich auf dem Galerieboden bildete, selbst überwachen und dokumentieren. Die Tatsache, dass der Schneeball bei der Eröffnung nicht mehr da war, machte das Ganze umso eindrucksvoller – den Besuchern der Ausstellung blieb sein "Schatten" als Erinnerung daran, dass er einmal da gewesen und durch seine Umgebung verwandelt worden war.

Während dieser Ausstellung wurden in der Curve Gallery auch ein zu diesem Zweck aufgenommenes Video und Fotografien vom "Sommerschnee" gezeigt, sodass diejenigen Besucher, die sie nicht mit eigenen Augen gesehen hatten, Gelegenheit hatten, die Installation durch ein anderes Medium kennen zu lernen. Goldsworthy war sich bewusst, dass er von der Ausstellung und von der Erinnerung an den 21. Juni 2000 viel lernen konnte: "Bei einem Projekt, das so vielschichtig ist wie 'Sommerschnee' kann es eine Weile dauern, bis ich es in allen seinen Implikationen begriffen habe. Einige dieser Implikationen finden in der Fotografie, im Film, in der Installation und der Ausstellung ihren Ausdruck, aber gleichzeitig hoffe ich auch, dass von ihnen neue Denkimpulse und Richtungen ausgehen werden." (Goldsworthy/Bodman, 2000)

Als Goldsworthy unlängst gefragt wurde, ob er sich vorstellen könne, einen Schneeball dauerhaft zu machen, dachte er lange über die interessante Parallele zwischen einer Kugel aus Schnee nach, die bei sommerlichen Temperaturen schmilzt, und einer aus flüssigem Metall, die bei den gleichen Temperaturen fest wird. So liegt also ein in Bronze gegossener Schneeball von Goldsworthy durchaus im Bereich des Möglichen.

Weißdornschneeball, aus den Resten einer Schneewehe im Schutz einer Mauer gemacht
Penpont, Dumfriesshire
Januar 2001

EINFÜHRUNG

SOMMERSCHNEE

Der folgende Text basiert auf einem Anfang Juni 2000 geführten Gespräch zwischen Andy Goldsworthy und Conrad Bodman, Kurator des Barbican Art Centre, London.

Schnee ruft Reaktionen hervor, die bis in unsere Kindheit zurückreichen. Ein Schneeball ist ein elementares, unmittelbares Ding, das fast jeder kennt. Ich benutze dieses elementare Ding als einen Sammelbehälter für Gedanken und Gefühle, die sich auf vielen Ebenen bewegen.

Selbst im Winter ist Schnee immer eine freudige Überraschung, unvorhersagbar und unerwartet. Mir ist es schon passiert, dass ich Ende Mai oder sogar im Juni auf einem Berggipfel einen letzten Schneerest entdeckt habe. Schnee im Sommer ist ein tief beeindruckendes Erlebnis. Es ist so, als wäre der ganze Winter durch dieses eine weiße Loch abgeflossen – Winter auf den Punkt gebracht.

Den Schnee für die Schneebälle, die für das Barbican Centre bestimmt waren, habe ich in den Wintern 1999 und 2000 gesammelt. Er stammt aus dem Glen Shee, Perthshire, wo auch die Schneebälle für die Ausstellung in Glasgow 1989 entstanden sind, und aus den Lowther Hills in der Nähe meines Wohnorts in Dumfriesshire. Die Bandbreite reichte von sehr nassem, bereits tauendem Schnee bis zu trockenem Pulverschnee, die beide sehr schwer zu verarbeiten sind. Gut geht es, wenn die Konsistenz irgendwo zwischen Tauen und Frieren liegt. Am besten ist Neuschnee.

Je nach der Beschaffenheit des Schnees brauche ich drei bis sechs Stunden für einen Schneeball. Mit feuchtem Schnee geht es zwar zügig, aber er taut auch sehr schnell, was die Fahrt zum Kühlhaus zu einem Wettlauf mit der Zeit machen kann. Das andere Extrem ist Pulverschnee, der so kalt ist, dass er nicht pappt. In diesem Fall muss man mit der Arbeit am Schneeball warten, bis die Temperatur steigt. Am Ende habe ich entdeckt, dass sehr trockener Schnee formbar wird, wenn man ihn mit Wasser besprüht. Man hat immer das Gefühl, gegen die Zeit und die Temperatur zu arbeiten. Es war jedes Mal eine ungeheure Erleichterung für mich, wenn ein Schneeball, der bereits zu tropfen begonnen hatte, endlich im Kühlhaus war, wo er sicher in der Kälte lagerte, bis die Zeit kommen würde, ihn nach Süden zu schaffen.

Das Reisen von einem Ort zum anderen ist untrennbar mit dem Schneeballprojekt verbunden. Der Schnee legt die Reise vom Himmel zur Erde zurück, bevor er als Schmelzwasser in die Flüsse gelangt. Meine Schneebälle werden aus dem schottischen Hochland im Norden kommen und dem Zug des Winters folgen. Viele der Materialien, die den Schneebällen beigemischt sind, haben mit anderen Reisen zu tun, die in den Süden gehen – mit dem Weg der Schafe, Kühe und des Getreides.

Die Schneebälle sind nicht im Schutz eines Ateliers entstanden, sondern unter manchmal sehr schwierigen Bedingungen: bei Schneetreiben, Schneeregen und Regen. Oft war ich todmüde und die Arbeit wurde zur Qual. Ich habe die Schneebälle nicht gerollt, sondern an Ort und Stelle geformt. Die Art, wie ich die Materialien hineingearbeitet habe, wird einen entscheidenden Einfluss darauf haben, wie sie beim Schmelzen wieder zum Vorschein kommen. Ich habe ein Gebilde aus Zeit und Schnee geschaffen. Die Zeit, die in den Entstehungsprozess eingeflossen ist, wird im Verlauf des Schmelzvorgangs sichtbar werden, wenn der Inhalt Schicht für Schicht freigesetzt wird. Kuhhaare und Schafwolle habe ich so eingearbeitet, dass sie beim Schmelzen möglichst lange mit dem Schnee verbunden bleiben. Leider haben mich die schiere Größe der Schneebälle und die begrenzte Zeit, die ich hatte, daran gehindert, sie exakt so zu machen, wie ich es mir vorgestellt hatte.

Die Materialmenge, die ich in einen Schneeball einarbeite, habe ich bildlich als einen Wurf vor mir gesehen. Durch die Vorstellung des in der Luft schwebenden Materials konnte ich mir besser klarmachen, wie es den Raum und das Volumen des Schneeballs ausfüllen würde. Ob die Relation zwischen Füllmaterial und Schnee stimmt, weiß ich erst, wenn der Schmelzprozess einsetzt.

Die Witterung bestimmt nicht nur, wie lange es dauert, bis ein Schneeball schmilzt, sondern auch, wie er dies tut. Wenn es trocken und heiter ist, könnte der mit Wolle vermischte Schneeball wie die Sonne während einer Sonnenfinsternis wirken. Die Wolle könnte im Wind durch die Luft wirbeln wie Schneeflocken. Im Regen würde die Wolle schwer an dem Schneeball herunterhängen wie an einem Tier. Unterschiedliche Wetterverhältnisse bringen unterschiedliche Eigenschaften der Schneebälle zutage.

Manche der Schneebälle enthalten Pflanzensamen, deren Freisetzung beim Schmelzen als der vergebliche Versuch interpretiert werden könnte, in einer künstlich geschaffenen Umgebung zu wachsen, obwohl sie in Wirklichkeit die Fähigkeit der Natur versinnbildlichen sollen, sich wieder in der Stadt anzusiedeln – Spalten und Ritzen zu finden, in denen die Wurzeln einer Pflanze Halt finden können. Eines der beeindruckendsten Dinge, die mir unlängst bei einem Besuch New Yorks begegnet sind, war ein Bäumchen, das direkt vor meinem Fenster im achtzehnten Stock eines Hotels am Broadway aus einer Hausmauer herauswuchs! Ursprünglich hatte ich vor, alle Schneebälle mit Samen und Früchten zu versetzen, in der Hoffnung, dass die Menschen, die sie aufsammelten, auf die Idee kommen würden, sie einzupflanzen – eine lebendige Fortsetzung des Projekts –, aber die damit verbundenen Schwierigkeiten brachten mich schließlich von dem Vorhaben ab.

Während ich mit Conrad Bodman in der Londoner Innenstadt nach Standorten für die Schneebälle suchte, wurde mir klar, wie viele Bezüge es in diesem Stadtgebiet zu Handel, Gewerbe und Landwirtschaft gibt. Allein schon die Straßennamen um das Barbican vermitteln eine gute Vorstellung davon. Sommerschnee ist eindeutig ein vergängliches Werk, und man könnte es als Gegenpol einer Gebäudelandschaft begreifen. Und doch können auch Bauwerke, unter denen wir uns im Allgemeinen etwas Solides, Dauerhaftes vorstellen, sich verändern oder verschwinden. Einer der Standorte, die wir für das Projekt ausgewählt hatten, war plötzlich zugebaut. Andere sind im Begriff, aus dem Stadtbild zu verschwinden. Schulen, die ich besucht habe, Häuser, in denen ich gewohnt habe, stehen heute nicht mehr. Je älter ich werde, umso deutlicher wird mir bewusst, wie veränderlich eine Stadtlandschaft ist.

Je länger ich mich damit beschäftigte, umso stärker drängten sich mir Bezüge zwischen dem Inhalt der Schneebälle und bestimmten Standorten auf. Es wird in den meisten Fällen immer noch so aussehen, als hätten sich die Standorte zufällig ergeben, aber bei manchen Schneebällen ist der Bezug zu ihrer Umgebung klar zu erkennen. Das Projekt hat dadurch einen unerwarteten Aspekt gewonnen.

Um den Smithfield Market herum werden mehrere Schneebälle gruppiert sein – diejenigen mit Kuhhaaren, Gerste, Stacheldraht und Schrottteilen, sodass eine Verbindung zwischen ländlichem und städtischem Umfeld sichtbar wird –, als Erinnerung an das Land und die Bauern, von denen die Städter ihre Nahrung beziehen.

Oft bin ich durch dieselben Straßen gewandert und habe plötzlich etwas entdeckt, das ich vorher nicht gesehen hatte, als wäre es vor mir verborgen gewesen. Mittlerweile kenne ich die Gegend so gut, dass ich glaube, ich hätte die Bezüge zwischen Ort und Schneeball vielleicht besser nutzen sollen. Damit will ich nicht sagen, dass dadurch etwas Besseres entstanden wäre; im Gegenteil, wahrscheinlich wäre das Ergebnis schlechter gewesen. Unerwartete und zufällige Bezüge sind ein wichtiges Element der Arbeit. Es wäre sicherlich irgendwie als merkwürdig empfunden worden, wenn ich, sagen wir, einen mit Milch vermischten Schneeball in der Milk Street deponiert hätte.

Ich versuche mit dem, was ich mache, hinter die sichtbare Oberfläche zu dringen. Die Natur beginnt nicht an den Grenzen einer Stadt, und sie macht auch nicht vor ihnen Halt. Was ich sichtbar machen will, ist das Wachstum im Holz, die Zeit im Stein, die Natur in der Stadt. Damit meine ich nicht die Parkanlagen einer Stadt, sondern die Erde, auf der sie steht, den Stein, aus dem sie gebaut ist, den Regen, der auf die Äcker ebenso fällt wie auf das Straßenpflaster, die Menschen, die in den Straßen herumlaufen. Mir gefällt es nicht, wie manche Leute die Natur als etwas betrachten, das am Rande der Stadt oder von ihr getrennt existiert. Ich ärgere mich, wenn Städter das Land nur noch als angenehme, erholsame Kulisse für einen Urlaub oder ein Wochenende sehen und das Leben in der Stadt irgendwie für das eigentliche Leben halten. Tatsächlich kann das Leben auf dem Land ebenso schön wie hart, unwirtlich, kräftezehrend und zerstörerisch sein. Und die Arbeit auf dem Land kann ebenso anstrengend, schwer und unerträglich wie zutiefst befriedigend sein. Zum Teil werden die Schneebälle so etwas wie Verwirrung und Schrecken bei den Leuten hervorrufen, weil mit ihnen die Natur an einer Stelle zutage tritt, an der sie nichts zu suchen hat, ähnlich dem Gefühl, das entsteht, wenn heftiger Schneefall das Leben in der Stadt zum Stillstand bringt. Unverhoffte Ereignisse dieser Art zeigen mir, dass die Natur immer gegenwärtig ist, auch wenn wir sie nicht sehen.

Ich bin nur acht Kilometer von Leeds entfernt aufgewachsen, Äcker und Gehöfte auf der einen und Vororte und Großstadt auf der anderen Seite; deshalb habe ich ein starkes Gespür für den Zusammenhang zwischen diesen beiden Lebensräumen. Das gab mir auch die Fähigkeit, in beiden Räumen zu arbeiten, und zwar, wie ich hoffe, ohne diesen romantisch verklärten Blick und ohne Scheuklappen.

Auch wenn die Schneebälle in der Öffentlichkeit präsentiert werden, so sind sie doch nicht für die Menschen gemacht, sondern wegen der Menschen. Ich habe damit mehr im Sinn, als nur zu sehen, wie die Öffentlichkeit darauf reagiert. Mich interessiert der Dialog zwischen zwei Zeitströmen. Ein Schneeball, der im durch die Stadt fließenden Strom der Passanten schmilzt ... Ebbe und Flut der Menschen, die morgens zur Arbeit gehen, in der Mittagspause wiederkommen und abends auf dem Heimweg noch einmal vorbeigehen. Angesichts dieses ständigen Kommens und Gehens wirken die Schneebälle, die langsam und allmählich verschwinden, vielleicht geradezu beständig. Sie werden das Verrinnen der Zeit anzeigen – langsam und bedeutungsvoll wie der Stundenzeiger einer Uhr –, fast, als wäre gar keine Bewegung in ihnen.

Die Schneebälle beziehen ihre Wirkung dadurch, dass die Menschen um sie herum in Bewegung sind, aber sie bezeugen auch deren Gegenwart oder Abwesenheit. In dieser Hinsicht ähneln sie meinen Körperschatten.

Ich hoffe, dass der Schmelzprozess schon begonnen hat, wenn der morgendliche Berufsverkehr einsetzt. Anfangs werden die Schneebälle völlig weiß sein und nichts von ihrem Innenleben preisgeben. Wenn die Leute in der Frühstückspause vorbeikommen, wird der Inhalt sichtbar sein, und bis zur Mittagspause werden Art und Tempo des Schmelzvorgangs erkennbar sein. Bis die Leute abends den Heimweg antreten, wird der Inhalt der Schneebälle bereits herunterfallen und sich auf dem Boden sammeln. Wegen diesen Menschen, deren Rhythmus ihrem eigenen entgegengesetzt ist, sind die Schneebälle gemacht.

Es ist ein großer Unterschied, ob man die Schneebälle auf der Straße oder in einer Galerie schmelzen lässt; im Vergleich zur Straße ist eine Galerie ein toter, irgendwie zeitloser Raum. Die Menschen, die in der Innenstadt arbeiten, werden die Schneebälle eine Zeit lang sehen und ein Gespür dafür bekommen, wie sie sich verändern. Ich bin kein Performancekünstler, aber manchmal gehe ich mit meiner Arbeit bewusst in die Öffentlichkeit.

Verborgenheit ist ein wesentlicher Aspekt dieses Projekts. Sie äußert sich zum Beispiel im überraschenden Inhalt der Schneebälle oder dadurch, dass manche an einem Ort deponiert sind, der der Öffentlichkeit weniger zugänglich ist. Das unterstreicht auch der Zeitpunkt, zu dem sie installiert wurden – in der Nacht, wenn es in der Stadt ruhig ist. Es wäre ein Leichtes gewesen, durch die Beimischung irgendwelcher provokativer Materialien eine spektakulärere Wirkung mit den Schneebällen zu erzielen. Aber mir gefallen eher die leisen und hintergründigen Wirkungen.

Ich werde oft gefragt, ob ich das Werk für mich selbst oder für andere mache. Normalerweise sage ich, dass ich es für mich selbst mache, weil das der Wahrheit am nächsten kommt. Aber ganz zufrieden war ich mit dieser Antwort nie. Die Beziehung zwischen dem Künstler und seinem Publikum ist vielschichtig und schwer zu beschreiben. Meine Zusammenarbeit mit Régine Chopinot hat mir dies sehr deutlich gezeigt. Wir haben uns ein ganzes Jahr lang mit den Vorbereitungen zu dem Ballett *Végétal* beschäftigt, danach folgte eine zweiwöchige Probenzeit. Ich hatte erwartet, dass es bei der Premiere genauso laufen würde wie bei den Proben, aber es ist ein gewaltiger Unterschied zwischen einer Vorstellung vor Publikum und einer Probe, bei der es keine Zuschauer gibt. Die Gegenwart des Publikums erzeugte eine fast greifbare Atmosphäre der Kritik, die mich das Stück mit ganz anderen Augen sehen ließ. Plötzlich traten seine Schwächen zutage. Und die Kritik kreativ zu nutzen oder vor ihr zu kapitulieren gleicht einer Wanderung auf schmalem Grat.

Leider werden die Schneebälle, die an den exponiertesten Stellen platziert sind, vermutlich die kürzeste Lebensdauer haben – weil sie beispielsweise für eine bierselige Schneeballschlacht oder was auch immer herhalten müssen. Unsere Freude, Schneebälle kaputtzumachen, ist wohl größer, als welche zu machen.

Ich muss die Möglichkeit der Zerstörung hinnehmen, das gehört zum Projekt. Einige der Schneebälle werden jedoch geschützter liegen, in einer Garage oder hinter einem Zaun. Mir gefällt dieser Eindruck der Unberührbarkeit, weil es an frisch gefallenen Schnee erinnert, über den noch niemand getrampelt ist. In dem kleinen Hof in der St. John Street, in dem der Schneeball mit dem Stacheldraht liegen wird, ist der Zutritt verboten. Auch zum Charterhouse Square, wo wir die beiden mit Schafwolle und Krähenfedern vermischten Schneebälle deponieren werden, hat die Öffentlichkeit keinen Zugang. Manchmal werden Dinge gerade dadurch interessant, dass man sie nicht anfassen kann. Einige der Schneebälle haben etwas Tierhaftes, obwohl sie nicht in diesem Sinne symbolhaft gemeint sind. Nicht nur wegen der Dinge, die sie enthalten, sondern auch weil sie aussehen, als seien sie in einem Käfig eingesperrt. Ein Zaun ist eine Schicht zwischen dem Objekt und seinem Betrachter, ein interessanter Aspekt im Zusammenhang mit einem ebenfalls in Schichten ablaufenden Prozess.

Es ist wichtig, dass einige Schneebälle ungehindert schmelzen können. Ich habe das Gefühl, dass ich im Begriff bin, Samen auszusäen, von denen nur wenige überdauern werden. Worauf es bei diesem Projekt ankommt, ist das, was zurückbleibt.

Der mit rotem Stein vermischte Schneeball, der innerhalb der Galerie schmelzen wird, verbindet den Innenraum mit dem Außenraum. Dieser Schneeball wird einen roten Fleck auf dem Galerieboden hinterlassen, einen Schatten. Auch wenn die Schneebälle im Freien geschmolzen und verschwunden sind, wird die Erinnerung an sie noch an den Orten vorhanden sein, an denen sie gelegen haben.

Auch Menschen hinterlassen Spuren ihres Daseins an Orten, an denen sie längst nicht mehr sind. Das habe ich gespürt, als ich auf der Suche nach Standorten durch die Stadt gewandert bin. Der Friedhof Bunhill Fields beispielsweise repräsentiert die Vergänglichkeit der Menschen, aber auch die Dauerhaftigkeit der Erinnerung an sie. Als es einmal zu regnen anfing, habe ich mich auf den Boden gelegt, bis das Pflaster um mich herum nass war, sodass ich beim Aufstehen ein trockenes Schattenbild hinterließ – die Spur meiner Anwesenheit. Genauso verhält es sich mit den Schneebällen – sie werden hier eintreffen und wieder verschwinden, und nur die Erinnerungen an sie wird bleiben.

Eine Ausstellung ist normalerweise der Moment, in dem der Künstler ein vollendetes Werk präsentiert. Bei diesem Projekt markiert der 21. Juni 2000 jedoch den Beginn.

ENTSTEHUNG

12. Januar 1999

Endlich schneit es! Es wurde gestern im Wetterbericht vorhergesagt, darum konnte ich für heute Morgen alles rechtzeitig vorbereiten.

Habe den Landrover und den Hänger beladen und bin von meinem Wohnort in nördlicher Richtung nach Wanlockhead in den Lowther Hills gefahren. Unterwegs lag Schnee, der aber so nass war, dass wir beschlossen, es weiter oben zu versuchen. Ich hatte Ellie, Bob Clements und Nick Spencer dabei. Auf dem Berg lag nicht viel Schnee, aber wir haben eine Verwehung mit sehr gut geeignetem Schnee entdeckt, der weder zu nass noch zu trocken war und gut pappte. Da die Schneebälle diesmal viel größer werden als die für das Projekt 1989, brauche ich wesentlich mehr Schnee als damals.

Ich hatte mich bei der benötigten Menge an Schafwolle verschätzt und musste sie jetzt sparsamer in den Schnee einarbeiten, als ich ursprünglich wollte. Aber vielleicht schmilzt der Schneeball gerade dadurch so, wie ich es mir gewünscht habe, weil nun beim Schmelzen der Übergang zwischen Schnee und Wolle langsamer und kaum merklich vonstatten gehen wird.

Weder der Schnee noch das Wetter bereiteten uns ernsthafte Probleme – es war verhältnismäßig warm und windstill. Ich habe nur einen Schneeball gemacht. Ich glaube nicht, dass ich an einem Tag mehr schaffen kann. Dazu fehlen mir einfach die Zeit und die Kraft. Die Anfahrt, die Arbeit am Schneeball und der Transport zum Kühlhaus der Firma Galloway Frozen Foods in Dumfries, wo die Schneebälle vorübergehend gelagert werden, sind ungeheuer kräftezehrend. Es ist spannend zu sehen, wie der Schneeball bei seiner Ankunft am Kühlhaus in einer weitgehend schneefreien Umgebung richtig leuchtet und wie er dann vom Hänger gehoben und mit einem Gabelstapler in das Kühlhaus geschafft wird. Mir fällt immer ein Stein vom Herzen, wenn er endlich in der Kälte angekommen ist. Er sah fantastisch aus zwischen all den Lebensmittelkisten. George Adamson, der Manager vor Ort, war ausgesprochen hilfsbereit und scheint sehr interessiert an unserem Projekt, obwohl er bestimmt nicht so recht weiß, was ich eigentlich vorhabe.

Wenn möglich, machen wir morgen wieder einen Schneeball. Ich habe die Kastanien als Füllmaterial ausgewählt. Der zweite Tag, nachdem es geschneit hat, ist immer heikel. Entweder taut der Schnee oder er beginnt zu verharschen – und beides erschwert das Arbeiten. Neuschnee ist immer am besten. Heute waren alle sehr produktiv. Hoffentlich ist es morgen auch so. Heute Abend weht ein stürmischer Wind, wahrscheinlich wird das Wetter kalt und ungemütlich.

13. Januar 1999

Heute Morgen war es viel milder, als ich es nach der bitteren Kälte des gestrigen Abends erwartet hatte. Es war Tauwetter. Ich entschloss mich, so hoch hinauf zu fahren, wie es die Straßenverhältnisse gestatten, in der Hoffnung, Schnee zu finden, der noch nicht taute. Als wir den Dalveen-Pass überquerten, sah es nicht gut aus. Es lag ein bisschen Schnee, aber so wenig, dass die Aussicht für einen großen Schneeball gering war. Auf dem Weg zum höher gelegenen Wanlockhead stießen wir auf ein paar verschneite Stellen und hielten an, aber der Schnee war sehr nass und hätte ohnehin nur für einen kleineren Schneeball gereicht. Ich muss nicht nur beurteilen, wie der Schnee beschaffen ist, wenn wir ihn finden, sondern auch abschätzen, wie seine Konsistenz sein wird, wenn wir ein paar Stunden an dem Schneeball gearbeitet haben. Weiter oben haben wir eine ziemlich hohe Schneewehe gefunden, mit der sich gut arbeiten ließ. Genau das habe ich gesucht ... Schnee, der gegen Wärme und Regen geschützt ist, einen Steinbruch, aus dem man den Schnee gewinnen kann.

Fast den ganzen Tag über war es windig und regnerisch, aber nicht klirrend kalt. Ich habe Kastanien aus England und aus Schottland in den Schneeball eingearbeitet. Es fällt mir unglaublich schwer, mir den Schmelzprozess vorzustellen. Ich versuche mir ein Bild von der räumlichen Verteilung der Kastanien im Schneeball zu machen und mir vorzustellen, wie er schmilzt. Wenn erst eine dünne Schneeschicht darüber ist, denkt man gar nicht mehr daran, dass es sie gibt. Ich stelle mir die Materialien immer noch als Würfe vor. Ich schaue mir die Kastanien im Korb an, stelle mir vor, wie sie in die Luft geworfen werden, und versuche mir klarzumachen, was ich nicht sehen kann.

Heute sind wir viel schneller vorangekommen, aber doch nicht schnell genug, um vor Einbruch der Dunkelheit noch einen zweiten Schneeball zu machen. Ohnehin glaube ich nicht, dass ich die Kraft für zwei Schneebälle an einem Tag hätte. Abgesehen davon, dass sie größer sind als alle früheren, habe ich über diese hier viel mehr nachgedacht, und sie fordern mich psychisch wie physisch stärker als diejenigen, die ich für Glasgow gemacht habe. Wir werden morgen wieder zu der Schneewehe fahren, an der wir heute gearbeitet haben, aber ich sehe kaum eine Chancen, einen

ENTSTEHUNG

dritten Schneeball zu schaffen. Aber wenn sich die Möglichkeit bietet, sollten wir es versuchen. Alle haben heute ihr Bestes gegeben, und die Stimmung im Team war gut. Da Bob morgen leider keine Zeit hat, habe ich jemanden angerufen, der mir geschrieben und seine Hilfe angeboten hat. Ich habe diesen potentiellen Assistenten noch nie gesehen, geschweige denn mit ihm zusammengearbeitet. Hoffentlich ist es kein Schock für diesen Mann, der meine Art zu arbeiten nicht kennt, wenn wir bei unserer ersten Begegnung Schneebälle machen! Ich muss mich auf die Arbeit konzentrieren, nicht auf Erklärungen. Wir werden sehen.

14. Januar 1999

In tiefer gelegenem Gelände liegt kaum noch Schnee. Ich hatte heute nur sehr wenig Hoffnung, genügend Schnee zu finden. Auf dem Weg zum Dalveen-Pass war alles schneefrei. Als wir zum Dorf Leadshills abbogen, stießen wir auf eine dünne Schneedecke, die uns hoffen ließ, dass der gestrige Schnee noch nicht völlig weggetaut war.

Wir fuhren zu derselben Schneewehe wie gestern. Die Oberfläche war verharscht und mit kleinen Eisklümpchen überzogen. Nach meiner Einschätzung war noch genügend Schnee für einen Schneeball da, und so machten wir uns an die Arbeit. Unser Füllmaterial bestand diesmal aus Eschenfrüchten. Es stellte sich heraus, dass sich der Schnee gut verarbeiten ließ. Es wird interessant sein zu sehen, ob die Eisklümpchen, wenn wir die Schneebälle im Sommer schmelzen lassen, langsamer abtauen.

Es war ein sehr windiger Tag, und manchmal hat eine Bö den Schnee aufgeweht. Das ist der bisher feuchteste Schneeball, unter ihm hat sich eine Wasserpfütze gesammelt. Die Eschenfrüchte wurden nach allen Seiten verweht. Es wäre interessant, wenn ein Bäumchen an der Stelle sprießen würde, an der wir den Schneeball gemacht haben. Als wir wegfuhren, regnete es. Wahrscheinlich lohnt sich morgen nicht einmal der Versuch, einen Schneeball zu machen. Hier ist nur noch ein kleiner Schneerest übrig, und auch anderswo gibt es kaum noch geeigneten Schnee. Dass sich hier eine Schneewehe bilden konnte, liegt an der Bodenbeschaffenheit. Es ist der perfekte Ort zum Schneesammeln. Ich könnte mir vorstellen, immer wieder hierher zu kommen. Wenn ich das tue, könnte ich die Stelle, an der ich die Schneebälle gemacht habe, vielleicht irgendwie markieren.

Heute waren wir etwas schneller mit der Arbeit fertig als gestern und vorgestern. Am schwierigsten ist es bei allen Schneebällen, die Samen oder Früchte – oder was auch immer mit dem Schnee vermischt wird – in den Schneeball einzuarbeiten. Besonders problematisch ist dies in der unteren Hälfte. Wenn der Schneeball dann größer und runder wird, kann ich das Material auf der noch abgeflachten Oberseite fast wie auf einem Tisch ausbreiten – das ist eine große Hilfe. Das Einarbeiten der Materialien dauert genauso lange wie der Aufbau des Schneeballs.

Ich fange an, einige der Schneebälle als Paare zu betrachten: Schaf und Krähe; Alteisen und Stacheldraht; Kreide und Kieselsteine; und dann die Gruppe der Früchte. Während des Schmelzens wird ein bisweilen spannender Dialog stattfinden, dessen Entwurf hier und jetzt gestaltet wird – ein Ereignis, das in diesem Jahrhundert vorbereitet wird, das sich aber erst im nächsten Jahrhundert abspielt. Ich stelle mir vor, dass die Schneebälle ihren Inhalt freigeben wie Samenkapseln ihre Früchte, ein Prozess, der seinen eigenen Lauf nimmt.

ENTSTEHUNG

19. Februar 1999

Ich komme gerade von einer dreitägigen Reise nach Blairgowrie und zum Glen Shee zurück, wo wir Schneebälle gemacht haben.

Mit Ellie und meinem neuen Assistenten Andrew bin ich am 17. Februar nachmittags dort angekommen. Wir fuhren zum Glen Shee hinauf, um uns die Schneeverhältnisse für den nächsten Tag anzusehen. Offensichtlich hat es in den letzten Wochen heftig geschneit, und wir haben von allen Seiten gehört, dass wir reichlich Schnee finden würden. Aber als wir durch das Tal hinauffuhren, sahen wir dort wenig Schnee, und in Blairgowrie lag überhaupt keiner. Erst ganz oben auf dem Gipfel stießen wir auf brauchbaren Schnee, größere Verwehungen, an denen wir arbeiten konnten.

Am nächsten Morgen standen wir früh auf und fuhren gegen halb sieben von Blairgowrie ab. Mit dem schweren Hänger am Landrover wurde das eine langsame und mühsame Fahrt. In der Nähe des Skigebiets entdeckten wir eine Schneewehe und fingen an, unseren Schneeball zu machen. An der Oberfläche war der Schnee nicht gerade erstklassig, weil wir warmes Nieselwetter hatten, aber je tiefer wir gruben, umso besser ließ sich der Schnee verarbeiten. Ich versetzte den Schneeball mit Kieselsteinen aus dem Flüsschen Scaur und war kurz nach Mittag fertig.

Die Fahrt zum Kühlhaus der Firma Christian Salvesen in Dundee war in mancher Hinsicht problematischer als die Arbeit am Schneeball. Das beträchtliche Eigengewicht des Schnees summierte sich mit den Steinen zu einer Fracht auf dem Hänger, die die Zugkraft des Landrovers auf eine harte Probe stellte. An manchen Stellen ist die Straße schwer zu befahren, weil sie schmal, kurvenreich und voller Schlaglöcher ist. Wir mussten mehrmals anhalten, um die Seile, mit denen der Schneeball gesichert war, nachzuspannen.

Aber schließlich kamen wir in Dundee an und konnten, nachdem wir mit einigen Schwierigkeiten das richtige Gerät aufgetrieben hatten, den Schneeball abladen und ins Kühlhaus bringen. Danach kehrten wir zum Glen Shee zurück, um noch einen Schneeball zu machen.

Diesmal waren die knorrigen Buchenäste an der Reihe. Das ist ein Schneeball, auf den ich mich aus vielerlei Gründen gefreut habe. Dass wir noch am selben Tag einen zweiten Schneeball in Angriff nehmen konnten, war ein Geschenk des Himmels, und wir taten es mit der Einstellung, dass wir es versuchen, aber nicht enttäuscht sein würden, wenn es misslang. Der Schnee war feucht, und wir arbeiteten bei leichtem Nieselregen. So, wie die Biegungen und Krümmungen der Äste allmählich im Schnee verschwanden, nahmen sie in gewisser Weise den Schmelzprozess vorweg. Bei den Kieseln und kleineren Objekten ist es schwerer vorauszusagen, wie die Schneebälle beim Schmelzen aussehen werden, aber bei diesem kann man sich gut vorstellen, was passiert. Wir beendeten unsere Arbeit am Spätnachmittag und machten uns bei Einbruch der Dunkelheit auf den Rückweg nach Dundee.

Kurz vor sieben erreichten wir das Lagerhaus. Zu meinem Schrecken hatten sich tiefe Risse in dem Schneeball gebildet, was wohl zum Teil auf seinen Inhalt zurückzuführen war, sicher aber auch auf die lange, holprige Fahrt und den starken Wind. Es gelang mir, die Risse mit Schnee aufzufüllen. Danach galt es, einen Palettenwagen zu finden, den wir unter den Schneeball schieben konnten, um ihn auf die Ladeklappe zu ziehen und mit dem Gabelstapler vom Hänger zu heben. Nachdem wir den Wagen endlich aufgetrieben hatten, blockierten seine Räder unter dem Schneeball, und er ließ sich nicht mehr bewegen. Wir brauchten einen Techniker. Es stellte sich heraus, dass der Schaden irreparabel war. Wir mussten einen anderen Wagen holen, aber dessen Fahrwerk blockierte ebenfalls. Dennoch gelang es uns damit, den Schneeball nach hinten zu wuchten. Und die ganze Zeit taute der Schneeball vor sich hin. Aber die Angestellten der Firma waren mit vollem Einsatz dabei – ihnen konnte ich keinen Vorwurf machen. Ich machte kleinere Reparaturen, füllte die Kerben aus, die von den Seilen herrührten, und dann schafften wir den Schneeball in die Kühlhalle.

Am nächsten Morgen fuhren wir wieder in die Berge. An den meisten Stellen, die wir zuvor inspiziert hatten, war der Schnee verschwunden. Wir ließen den Glen Shee hinter uns und sahen uns an anderen Stellen um, und schließlich fanden wir eine vielversprechende Schneewehe in der Nähe der Straße. Diesmal mischte ich dem Schnee Kreide bei. Damit sie ihre weiße Farbe weitgehend behält, wollte ich sie mit möglichst trockenem Schnee vermischen. Zum Glück war es in der Nacht ziemlich kalt gewesen, sodass der Schnee an der Oberfläche verharscht und darunter in einem brauchbaren Zustand war. Der Schneeball fing auf der Schattenseite an zu gefrieren, während wir noch daran arbeiteten. Das war ein Glücksfall. Wenn es kalt ist, wird der Schnee normalerweise so hart oder so pulvrig, dass er nicht mehr pappt. In diesem Fall hatten wir Schnee, der gut zu verarbeiten war und gleichzeitig auch noch gefror. Zur Abwechslung ging uns die Arbeit relativ leicht von der Hand, obwohl die Sonne fast die ganze Zeit über schien und der Schnee auf einer Seite langsam zu schmelzen begann.

Wir stellten den Kreideschneeball fertig, schafften ihn nach Dundee und brachten ihn ins Kühlhaus, wo wir diesen und die beiden anderen Schneebälle mit Plastikplanen umhüllten, damit nicht so viel verdunstete.

Drei Schneebälle in zwei Tagen war keine schlechte Leistung. Und inzwischen sind wir mit dem Arbeitsprozess hier vertraut. Ich bin einigermaßen zuversichtlich, dass es uns gelingt, sechs Schneebälle einzulagern. Allerdings denke ich daran, den mit Schafwolle vermischten Schneeball im Sommer probehalber schmelzen zu lassen und ihn durch einen anderen mit mehr Wolle zu ersetzen.

Da es im Augenblick nicht genug Schnee gab, um hier weitere Schneebälle zu machen, und uns außerdem die Füllmaterialien ausgegangen waren, kehrten wir nach Hause zurück.

23. Februar 1999

Stand heute Morgen früh auf und fuhr kurz nach sechs in Penpont los. Kam kurz nach neun in Blairgowrie an und fuhr unverzüglich weiter in die Berge. In Blairgowrie selbst lag nur wenig Schnee, aber weiter oben im Tal stießen wir auf immer größere Schneefelder, und die letzten paar Kilometer war alles um uns herum weiß. Der Schnee war zwar nicht sonderlich hoch, aber der letzte stürmische Wind hatte ihn an einigen Stellen verweht, sodass dort ideale Arbeitsbedingungen für uns waren. Auf dem Gipfel lag mehr Schnee, als wir bisher gehabt hatten. Es war aufregend für uns, so viel Schnee zu sehen, und in Verbindung mit dem sonnigen, windstillen Wetter versetzte uns das in Hochstimmung. Als wir jedoch anfingen, Schnee zusammenzutragen, stellten wir fest, dass er zu trocken war und sich nicht verarbeiten ließ. Etwa eine Stunde mühten wir uns ab, indem wir es mit dem Schnee versuchten, der dicht über der Erde lag und etwas feuchter war. Es war jedoch frustrierend, weil dieser Schnee von schlechterer Qualität und weniger weiß war. Inmitten dieser herrlichen Schneemassen waren wir also gezwungen, statt dem Neuschnee alten Schnee zusammenzukratzen.

Nach einer Weile gab ich den Versuch auf und suchte ein Stück weiter unten nach geeigneterem Schnee. Fand eine Stelle, an der der Schnee zu früherer Stunde sicher ebenfalls trocken und vereist gewesen war, jetzt aber durch die Sonneneinwirkung und die mildere Temperatur in der Talsenke pappiger geworden war. Er ließ sich hervorragend verarbeiten, und ich hätte gern den Schneeball mit dem zermahlenen roten Stein gemacht, für den ich wirklich trockenen Schnee benötige, aber ich hatte bereits angefangen, das Alteisen einzuarbeiten. Es sind dies Schrottteile, die ich auf den Feldern und Bauernhöfen meiner Umgebung gefunden habe. Diesen Dingen haftet die Erinnerung an die Menschen und Maschinen an, die das Land bearbeitet haben, und jetzt beginnen sie zu verrosten und wieder in der Erde zu versinken. Es sind Zaunreste, Werkzeugteile, Kettenfragmente, Torscharniere und so weiter. Mir gefällt es, dass einige der verwendeten Materialien einen starken Bezug zur Vergangenheit haben, während andere – wie die Früchte beispielsweise – auf die Zukunft verweisen. Kreide, Kiesel und rotes Steinpulver sagen etwas über den Prozess der Verwitterung und über die Spannung zwischen Wasser und Stein aus – Tauen und Frieren, Winter und Sommer.

Wir haben den Schneeball in dem Kühlhaus in Blairgowrie zwischengelagert, in dem ich schon vor zehn Jahren die Schneebälle aufbewahrt hatte, was mir irgendwie Freude bereitet. Der Betreiber des Lagers ist nicht mehr die Firma Christian Salvesen, sondern die Kooperative der Scottish Soft Fruit Growers. Es arbeiteten etliche Leute dort, die nicht nur ausgesprochen hilfsbereit waren, sondern auch sehr geschickt im Umgang mit dem Gabelstapler. Sie baten um Einladungen für die Ausstellung, die ich ihnen nur zu gern zukommen lassen werde. Die Schneebälle haben ihnen jedenfalls eine Menge Gesprächsstoff geliefert. Eine der Gabelstaplerfahrerinnen wollte das genaue Gewicht wissen, um ihren Freunden später erzählen zu können, dass sie an diesem Tag einen Zwei-Tonnen-Schneeball ins Kühlhaus gewuchtet hatte.

Heute war den ganzen Tag über herrliches Wetter. Die Windstille war eine echte Erholung, nachdem wir alle anderen Schneebälle bei Regen und stürmischem Wind gemacht hatten. Auf der Fahrt zum Kühlhaus bewölkte es sich, und es wurde immer wärmer. Wenn es in der Nacht mild bleibt, können wir morgen sehr früh aufbrechen. Wenn es dagegen kalt ist, müssen wir abwarten, bis der Schnee im Laufe des Vormittags ein wenig angetaut ist. Wie mein Assistent Ellie heute bemerkt hat, haben wir bisher alle Schneebälle mit knapper Not fertig bekommen. Selbst an einem Tag wie diesem und mit einer ausreichenden Schneemenge war das Formen der Schneebälle, besonders der Anfang, bisher immer der schwierigste Teil des Unternehmens. Wallace, ein alter Freund aus dem Dorf, in dem ich wohne, kam heute mit Andrew, meinem anderen Assistenten, vorbei. Es ist immer ein gutes Gefühl, mit Wallace zusammenzuarbeiten.

ENTSTEHUNG

24. Februar 1999

Heute Morgen sah es so aus, als wäre es in der Nacht weniger kalt gewesen als vorhergesagt. Es war bewölkt, und nichts deutete auf einen strengen Frost hin. Dennoch war der Schnee, als wir auf dem Berg ankamen, pulvrig und unbrauchbar. Es dauerte Stunden, bis er ein bisschen pappiger geworden war, und selbst dann war die Arbeit mühevoll, und es dauerte fast den ganzen Tag, bis der Schneeball fertig war. Anstatt große Schneeklumpen zusammenzufügen, konnten wir immer nur eine Handvoll auftragen. Es war strahlend blauer Himmel, und die Sonne blendete so stark, dass Andrews Augen zu tränen begannen und er eine Zeit lang pausieren musste.

Wir verwendeten Schafwolle für diesen Schneeball, der als Ersatz für den ersten mit Wolle gefüllten vorgesehen ist. Diesmal hatten wir viel mehr Wolle und verteilten sie gezielter und gleichmäßiger in dem Schneeball, in der Hoffnung, dass es später beim Schmelzen so aussieht, als würde die Wolle aus dem Schneeball herauswachsen.

Jeder Schneeball beinhaltet etwas von dem Wetter, bei dem er gemacht wurde. Dieser hier enthält nicht nur den weißen, pulvrigen Schnee, sondern er verrät auch etwas von der ruhigen Stimmung und der Windstille, in der er gemacht wurde und die es mir ermöglichte, die Wolle so einzuarbeiten, wie ich es wollte. Bei windigem Wetter wäre das Einarbeiten der Wolle anders gewesen.

Wahrscheinlich ist das der letzte Schneeball für dieses Jahr. Die restlichen sieben hebe ich mir wohl für den nächsten Winter auf. Ich weiß nicht genau, ob die Verdunstung in den Kühlräumen ein Problem ist, und halte es darum für klüger, mich ein Stück weit abzusichern, indem ich vorerst nur die Hälfte der gesamten Schneebälle mache. Im schlimmsten Fall bleiben mir dann für die Ausstellung wenigstens die sieben Schneebälle des nächsten Winters.

INSTALLATION

21. Juni 2000, Mitternacht bis Morgengrauen

Kurz nach Mitternacht begannen wir mit der Installation und waren morgens gegen sechs fertig. Nach jahrelanger Planung und Vorbereitung war damit ein großer Moment für mich gekommen.

Die Lkws, mit denen die Schneebälle vom Kühlhaus in Dundee hierher kamen, wurden in der Nähe des Smithfield Market geparkt. Die Ankunft verlief fast genauso, wie ich sie mir vorgestellt hatte: Scheinwerferlicht in der Dunkelheit, Maschinen, Menschen, schattenhafte Gestalten in den Dunstschwaden, die aus den Kühlcontainern der Lkws wogten, als die Türen in der sommerlichen Wärme geöffnet wurden.

Ich hatte nicht damit gerechnet, dass so viele Reporter und Fernsehleute da sein würden. Die Stimmung war angespannt, ich war nervös, weil es mir wie eine halbe Ewigkeit vorkam, bis die ersten paar Schneebälle aus den Kühlcontainern auf die Tieflader verfrachtet waren, mit denen sie zu ihren Standorten gebracht werden sollten.

Es gefiel mir, wie die Schneebälle an ihren Standort herabgelassen wurden – weiße Kugeln, die am nächtlichen Himmel schwebten. Wir hatten Schwierigkeiten, die Schneebälle von den Paletten zu heben, besonders diejenigen, die aus feuchtem, tauendem Schnee gemacht waren, weil sich das Wasser unten gesammelt hatte und im Kühlhaus gefroren war.

Die Arbeiter aus den Markthallen beäugten unser Treiben misstrauisch, und ab und zu kam einer von ihnen herüber, um sich die Sache aus der Nähe anzusehen. Ich hatte weder die Zeit noch die Kraft, mich mit ihnen zu befassen. Es war ein enormer Druck für uns, die Schneebälle an ihre Bestimmungsorte zu bringen, bevor der morgendliche Berufsverkehr einsetzte. Die Zeit war in jeder Phase des Projekts ein Unsicherheitsfaktor. Die Installation war von der gleichen Stimmung begleitet wie die Arbeit an den Schneebällen – immer in Eile, fertig zu werden, bevor der Schnee zu schmelzen begann.

Wenn die Morgendämmerung den Termin vorgibt, ist das etwas anderes als eine Ausstellungseröffnung. Der Sonnenaufgang ist irgendwie beherrschender und endgültiger als die Uhrzeit auf einer Einladung.

Am meisten Spaß machte mir die Installation auf dem Friedhof Bunhill Fields. Es war so still und friedlich dort: kein Kamerateam, keine Fotografen (außer Chris McIntyre von der Universität Hertfordshire, der ein guter Bekannter von mir ist), nichts als der weiße Schneeball zwischen Grabsteinen.

Es hatte etwas Traumhaftes und Zeitloses, die Nacht durchzuarbeiten. Fast unmerklich zog der Morgen herauf – es wurde hell, aber ich merkte es nicht. Zu diesem Zeitpunkt wusste ich, dass wir rechtzeitig fertig sein würden.

Der letzte Schneeball (mit Stacheldraht) bereitete uns einiges Kopfzerbrechen, weil jemand sein Auto so vor dem Tor abgestellt hatte, dass es sich nicht öffnen ließ. Wir waren gezwungen, den Schneeball über die Mauer in den Hof zu heben.

Dann entfernten wir die Plastikplanen, und da waren sie, die Schneebälle! Einige tauten bereits, aber die meisten ließen noch nichts von ihrem Inhalt ahnen.

links:
Abladen der Schneebälle am Smithfield Market, Innenstadt, London
zwischen 1 und 2 Uhr
21. Juni 2000

gegenüber:
Installation der Schneebälle
im Uhrzeigersinn von links oben:
West Smithfield, Lindsey Street,
Bunhill Fields (zwei Bilder),
St. John Street, Silk Street.

nächste Seite:
Charterhouse Square (*links*) und
St. John Street (*rechts*)

Innenstadt London
zwischen 2 und 5 Uhr
21. Juni 2000

INSTALLATION

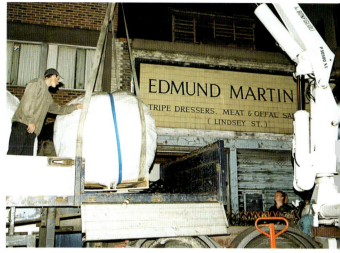

INSTALLATION

INSTALLATION

ESCHE   KASTANIE   KIEFER

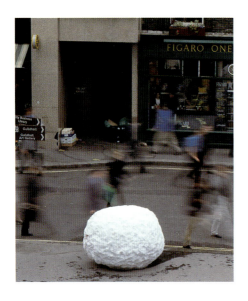

Mittwoch, 21. Juni 2000

Ich war überrascht, dass sich einige der Schneebälle, von denen ich mir viel versprochen hatte, als völlig unspektakulär erwiesen, während der Effekt bei anderen, von denen ich nicht viel erwartet hatte, großartig war. Am interessantesten war der Schneeball mit den knorrigen Ästen, die ganz allmählich auf der dem Wind zugewandten Seite sichtbar wurden. Ähnlich verhielt es sich mit den Schneebällen vor dem Barbican Centre in der Silk Street, deren untere Hälfte durch die Windeinwirkung so ausgehöhlt wurde, dass einer von ihnen gegen Abend umkippte.

    Vor allem die Schneebälle, die aus pulvrigem Schnee gemacht sind, werden vom Wind schneller abgetragen, als ich erwartet hatte. Die Holunderbeeren waren eine Enttäuschung. Weil der Schnee zu trocken war, weil er eher verdunstete als schmolz, weil man ihn zu schnell tiefgefroren hatte oder wegen allen diesen Gründen wurden die Beeren nicht flüssig genug, um den Schneeball rot zu färben.

    Mein Freund Hervé kam aus Digne und spielte Saxofon für den Schneeball mit den Ästen. Es war ein wunderbarer Moment für mich, einfach dazusitzen und zuzuhören und mich an der Musik und dem Schneeball zu erfreuen.

Donnerstag, 22. Juni 2000

Heute Morgen gegen halb vier hat ein wütender Passant die drei Schneebälle vor dem Barbican Centre kaputtgemacht. Die Wachleute am Eingang haben zwar versucht, ihn daran zu hindern, aber er war nicht aufzuhalten in seiner Zerstörungswut.

    Als ich gegen halb sechs dort ankam, kehrte gerade jemand die restlichen Trümmer weg. Der untere Bereich der Kugeln war durch den Wind stark erodiert und sie waren so oberlastig geworden, dass sie umzukippen drohten. Gewalt machte ihrer Existenz ein Ende, kurz bevor sie ihr interessantestes Stadium erreichten. Und was das Ganze so abartig erscheinen lässt, gerade diese Schneebälle standen an einem relativ

ganz links:
Schneeball mit Holunderbeeren
Moorfields

links:
Schneeball mit Buchenästen,
Ecke Finsbury Circus
und Moorgate

HOLUNDER   BUCHE

oben:
Schneebälle mit Esche,
Kastanie und Kiefer
Barbican Centre
Silk Street

Innenstadt London
früher Morgen
21. Juni 2000

geschützten Ort und wurden zu einer Zeit zerstört, die ich für die sicherste des ganzen Tages gehalten hätte.

Obwohl mir klar war, dass so etwas passieren könnte, war ich doch enttäuscht. Mit jedem der Schneebälle war ein Risiko verbunden. Und würde man es nicht als Verlust empfinden, wenn etwas schief geht, welchen Sinn hätte es dann, überhaupt ein Risiko auf sich zu nehmen?

Der Wind hat in manchen Fällen verhindert, dass sich die Füllmaterialien an der Oberfläche sammeln konnten, sodass die Schneebälle irgendwie kahl wirkten.

Andere wiederum wurden interessanter durch den Wind. Der Schneeball mit den Buchenästen erodierte auf einer Seite immer stärker und hing schließlich, von den Ästen getragen, in der Luft. Da ich die meisten Äste in die Mitte des Schneeballs eingearbeitet hatte, blieb die Kugelform auch dann deutlich erkennbar, als kaum noch Schnee vorhanden war. Erst ganz zum Schluss fiel das Gebilde in sich zusammen, sodass ein Haufen Äste übrig blieb. Dieser Schneeball war, unter Mithilfe der Passanten, am Donnerstagabend vollständig geschmolzen. Das war zwar früher als erwartet, aber er hatte ein gutes und reiches Dasein.

Auch der Holunderschneeball war heute Morgen nur noch ein kümmerliches kleines Häufchen. Eher uninteressant.

Obwohl die Pflanzenfrüchte vor dem Barbican Centre weggefegt worden waren, entdeckte ich einige davon ziemlich weit vom Standort der Schneebälle entfernt, mit denen sie vermischt gewesen waren – hängen geblieben in den Rissen im Asphalt und zwischen Pflastersteinen.

ESCHE

Eschenfrüchte

BARBICAN CENTRE, SILK STREET

Morgen bis Nachmittag

21. JUNI 2000

Kastanien

BARBICAN CENTRE, SILK STREET

Morgen bis Nachmittag

21. JUNI 2000

KASTANIEN

später Abend

21. JUNI 2000

KASTANIEN

früher Morgen

22. JUNI 2000

KASTANIEN

Kiefernzapfen

BARBICAN CENTRE,
SILK STREET

Morgen und
Nachmittag

21. JUNI 2000

früher Abend

21. JUNI 2000

links:

später Abend

21. JUNI 2000

oben:

Morgen

22. JUNI 2000

KIEFER

Holunderbeeren

MOORFIELDS

Morgen und Nachmittag

21. JUNI 2000

HOLUNDER

HOLUNDER

HOLUNDER

gegenüber, oben:

Nacht

21. JUNI 2000

gegenüber, unten und diese Seite:

Morgen

22. JUNI 2000

Buchenäste

FINSBURY SQUARE ECKE MOORGATE

Morgen bis früher Nachmittag

21. JUNI 2000

BUCHE

früher Nachmittag

21. JUNI 2000

BUCHE

später Nachmittag

21. JUNI 2000

BUCHE

76

später Nachmittag

21. JUNi 2000

BUCHE

gegenüber, oben:
Abend
21. JUNI 2000

unten:
Nacht
21.–22. JUNI 2000

diese Seite, oben:
Morgen
22. JUNI 2000

unten:
Nachmittag
22. JUNI 2000

BUCHE

STACHELDRAHT   GERSTE   ALTEISEN

Mittwoch, 21. Juni 2000

Mit einigen der Schneebälle vollzieht sich eine dramatische Veränderung, wenn sie schmelzen. Die Gerste hat im Laufe des Tages an Kraft gewonnen. Als die Ähren zu Boden fielen, fanden Tauben Interesse daran. Mir gefällt der Gedanke, dass der Inhalt eines Schneeballs gefressen wird und davonfliegt.

Der Schneeball in der Garage der Metzgerei schmilzt sehr langsam und gibt seinen Inhalt auf interessante und eindrucksvolle Weise preis. Mir ist es wichtig, dass die heruntergefallenen Stücke als Teil des Werks erhalten bleiben. Das Tor wird nachts geschlossen, und tagsüber passt jemand auf. Ein paar Metallteile sind heruntergefallen, andere ragen aus Löchern heraus, die sich um sie herum im Schnee gebildet haben.

Gegen Mittag kam Hervé (mein Freund, der Saxofonist) und spielte für diesen Schneeball. Die Akustik war erstaunlich gut in dem kleinen Raum.

Der Schneeball mit dem Stacheldraht wird durch das Drahtgewirr, das ihn umgibt, lebendig – mehr oder weniger so, wie ich es mir vorgestellt habe, was ich von einigen anderen nicht behaupten kann.

Donnerstag, 22. Juni 2000

Der mit Gerstenähren vermischte Schneeball ist umgefallen und schmilzt sehr rasch. Es ist schwer zu sagen, warum manche Schneebälle, wie dieser zum Beispiel, so schnell schmelzen, während es bei anderen, wie dem mit den Kuhhaaren, viel länger dauert. Wahrscheinlich wirken Haare und Wolle wie eine Wärmedämmung. Der Gersteschneeball wurde mit sehr feuchtem Schnee gemacht und müsste eigentlich einer der komprimiertesten sein, und doch ist er schon fast ganz verschwunden. Vielleicht brechen die Leute Klumpen heraus, ich weiß es nicht.

Eine Kellnerin aus einem benachbarten Pub erzählte mir, dass sie den Schneeball zuerst von ihrem Schlafzimmerfenster aus gesehen hat und dass im Pub wegen der Schaulustigen viel mehr Betrieb ist als sonst. Heute Morgen hat sie einen Schwarm von etwa zwanzig Tauben an dem Schneeball beobachtet. Das würde ich zu gern mit eigenen Augen sehen und werde morgen früh als erstes hierher kommen.

links:
Schneeball mit
Stacheldraht
St. John Street

oben:
Schneeball mit Gerste
Long Lane Ecke
Lindsey Street

Schneeball mit Alteisen
Lindsey Street
Innenstadt London
Morgen, 21. Juni 2000

Freitag, 23. Juni 2000

Heute Morgen war nur noch wenig von dem Gersteschneeball übrig. Ein paar Tauben pickten in den Überresten herum. Besonders interessant finden sie offensichtlich die Körner, die von den Passanten zertreten oder von Fahrzeugen zerquetscht wurden, was zur Folge hat, dass sie vorwiegend an den Ähren picken, die weiter von dem Ort, an dem der Schneeball geschmolzen ist, zerstreut sind. Als ich später am Vormittag zurückkam, war zu meiner Überraschung nicht nur der Schnee verschwunden, sondern mit ihm auch die Gerstenähren. Offensichtlich waren sie von einem Straßenkehrer weggefegt worden.

Der schönste Moment des heutigen Tages war der Augenblick, als ich mitten in dem Stacheldrahtgewirr ein winziges, strahlend weißes Klümpchen Schnee entdeckte, genau, wie ich es mir erhofft hatte. Es sah so zart aus in seinem schützenden Kokon aus Stacheldraht.

Der mit Schrottteilen versetzte Schneeball schmilzt nach wie vor gemächlich vor sich hin. Möglicherweise geht es noch zwei Tage so weiter. Hervé war wieder da und hat für den Schneeball gespielt. Seine Musik hat mir großen Spaß gemacht. Sie gab mir Gelegenheit, einfach nur dazusitzen, zuzuhören und meinen Gedanken nachzuhängen – wobei ich fast eingeschlafen wäre, so müde war ich.

Samstag, 24. Juni 2000

Der Stacheldrahtball ist jetzt vollkommen schneefrei, sieht aber so lebendig aus, als wäre er in Bewegung.

Um den Schneeball mit dem Alteisen zu begutachten, muss ich das schwere Tor hochziehen, hinter dem er liegt. Ich warte immer gespannt auf den Augenblick, in dem es sich öffnet. Anhand der Wassermenge, die unter dem Tor durchgelaufen ist, kann ich abschätzen, wie viel Schnee noch übrig ist. Heute Abend war der Boden vor dem Tor fast trocken, ein Zeichen dafür, dass der Schneeball mittlerweile sehr klein geworden ist. Es ist jedoch so viel Schnee übrig, dass er noch zwei Tage oder sogar länger überdauern könnte.

Stacheldraht

ST. JOHN STREET

Morgen bis Nachmittag

21. JUNI 2000

STACHELDRAHT

STACHELDRAHT

oben:

Nachmittag

22. JUNI 2000

links und gegenüber:

Morgen

23. JUNI 2000

STACHELDRAHT

STACHELDRAHT

Gerste

LONG LANE ECKE LINDSEY STREET

Morgen

21. JUNI 2000

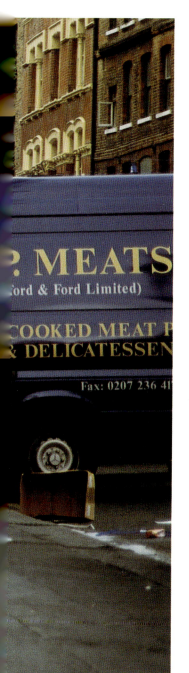

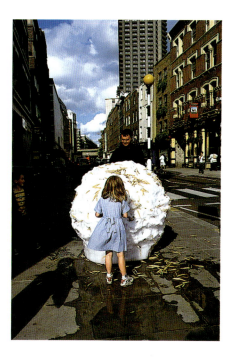

Nachmittag

21. JUNI 2000

GERSTE

oben:

Nacht

21.–22. JUNI 2000

rechts:

Morgen

22. JUNI 2000

GERSTE

Morgen bis Morgen

22.–23. JUNI 2000

ALTEISEN

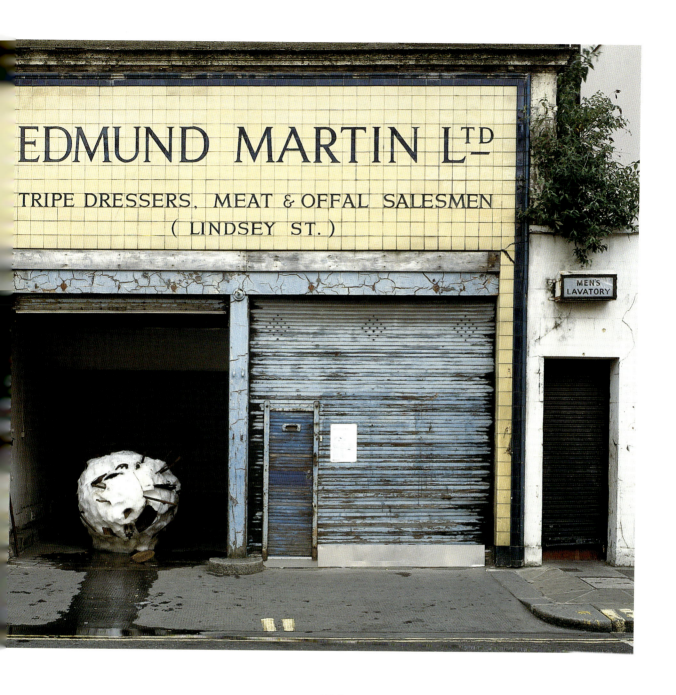

Alteisen

LINDSEY STREET

21. UND 22. JUNI 2000

22. JUNI 2000

ALTEISEN

23. JUNI 2000

ALTEISEN

25. JUNI 2000

ALTEISEN

27. JUNI 2000

ALTEISEN

KUH   SCHAF   KRÄHE

Schneeball mit Kuhhaaren
Long Lane Ecke West Smithfield

Schneeball mit Krähenfedern (*links*)
und Schneeball mit Schafwolle (*rechts*)
Charterhouse Square

Innenstadt London
früher Morgen
21. Juni 2000

Mittwoch, 21. Juni 2000

Die Arbeiter am Smithfield Market haben ziemlich aggressiv auf die Schneebälle reagiert. Gegen acht Uhr morgens hatten sie einen in den Rinnstein befördert und zwei anderen Gesichter eingeritzt. Ein Polizist sorgte dafür, dass sie den mit Kuhhaaren vermischten Schneeball an seinen Platz zurückbrachten, aber kurz darauf war er wieder verschwunden, und ich erfuhr, dass er in einem Kühlfach in der Markthalle versteckt worden war. Das fand ich wesentlich interessanter als die Gesichter, die mir überhaupt nicht gefielen.

In Wirklichkeit hatten sie den Schneeball auf der anderen Seite der Halle auf einem Parkstreifen an der Straße abgelegt. Das war ein interessanter Platz, und da das Reisen zum Schneeballprojekt gehört, war ich gar nicht böse über den neuen Standort dieses Schneeballs, auch wenn er beim Transport leicht beschädigt worden war.

Später hatte ich Gelegenheit, mit den Arbeitern zu sprechen und ihnen den Zusammenhang zwischen dem Markt und dem Inhalt der Schneebälle zu erklären, sodass sie das Projekt besser verstanden und größeres Interesse dafür zeigten.

Donnerstag, 22. Juni 2000

Der Standort des Schneeballs mit den Kuhhaaren wurde schon wieder verändert. Da er diesmal intakt geblieben ist, nehme ich an, dass dies nicht aus Bosheit oder Unachtsamkeit geschah, sondern um den Platz für parkende Fahrzeuge freizumachen.

Der mit Schafwolle gefüllte Schneeball ist wunderschön und genau so, wie ich ihn haben wollte. Der Übergang zwischen Schnee und Wolle ist kaum zu erkennen, es sieht aus, als würde die Wolle aus dem Schnee herauswachsen, ein weißer Schleier, der sich im Wind bewegt und aufbauscht – als würde der Schneeball atmen.

Der Schneeball mit den Kuhhaaren wurde wieder versetzt, diesmal an den Rand der Straße. Ich habe den Eindruck, dass die neuerliche Standortverlegung nicht aus Gehässigkeit, sondern aus praktischen Erwägungen geschah. Er hat sich als sehr stabil erwiesen.

Ein Polizist stand daneben, als würde er bei ihm Wache halten. Es sieht aus, als würde es noch einen Tag dauern, bis der Schneeball ganz geschmolzen ist, aber ich fürchte, dass er im hektischen Getriebe des Marktes bald zertrampelt sein wird, wenn er erst einmal klein geworden ist.

Der Wolleschneeball sah in der Nacht fantastisch aus – ein leuchtender Fleck in der Dunkelheit.

Freitag, 23. Juni 2000

Der mit Wolle und der mit Krähenfedern gefüllte Schneeball sind noch da, und sie sehen so aus, als würden sie noch mindestens einen Tag überdauern. Die Krähenfedern haben von allen Füllmaterialien mit das stärkste Muster auf dem Boden erzeugt. Jemand hat gesagt, dass eher die Wolle Flügel zu haben scheint als die Federn. Die Federn wirken statisch, wie festgeklebt auf dem Asphalt und, anders als die Wolle, die vom Wind umhergeweht wird, sehr erdverbunden.

Heute Nacht wird sich vielleicht das Schicksal des Kuhhaarschneeballs entscheiden. Der Markt ist geschlossen, und er muss sich in der kritischen Stunde, wenn in der Umgebung die Kneipen und Discos schließen, allein behaupten.

Samstag, 24. Juni 2000

Ich sah mir zuerst den Schneeball mit den Kuhhaaren an, der die Nacht überstanden hatte und den Eindruck machte, als könnte der Schmelzprozess noch weitere zwei Tage dauern; am Nachmittag war er jedoch verschwunden. Je kleiner dieser Schneeball wurde, um so größer wurde die Wahrscheinlichkeit, dass ihn irgendwann ein Straßenkehrer wegfegen würde. Als ich wieder zu seinem Standort kam, war kein Schnee mehr da, nur noch wenige Kuhhaare. Ich kratzte die paar Haare zusammen und rollte sie zu einer kleinen Kugel, zu einem Nukleus des Schneeballs.

Dieser Schneeball, der zu Beginn des Schmelzvorgangs schwer gefährdet war, hat länger überdauert als die anderen, die an ungeschützten Orten lagen. Das war nur durch die wohlwollende Haltung der Marktarbeiter möglich, und obwohl sie nie zugeben würden, Gefallen an dem Schneeball gefunden zu haben, verrät die Tatsache, dass er so lange dort liegen konnte, doch eher das Gegenteil. Zumindest aber heißt es, dass sie sein Vorhandensein geduldet haben, was auch genug ist.

Der Schneeball mit den Krähenfedern geht seinem Ende entgegen. Die Art, wie die Federn zum Vorschein kamen, war enttäuschend. Durch den Wind hielten sich die Federn nicht an der Oberseite, sodass diese nicht, wie ich gehofft hatte, wie ein schwarzer Haarschopf aussah, sondern eher wie ein dickes, ungepflegtes Stoppelkinn.

Der Standort des Schneeballs war relativ geschützt, und die meisten Federn liegen noch auf der Erde, obwohl der Park an eine Schule grenzt und von den Schülern als Pausengelände genutzt wird. Die Strukturen, die sich durch den Schmelzrhythmus im zufälligen Muster der heruntergefallenen Federn ergeben haben, gefallen mir ausnehmend gut, weil es durch die weißen Kiele eine gewisse Dynamik gewinnt. Diesen Aspekt werde ich bei meiner künftigen Arbeit vielleicht weiterverfolgen.

Der Wolleschneeball wird wohl noch einen Tag überstehen. Die Wollbüschel saugen sich mit Schmelzwasser voll und werden dann vom Wind in der Umgebung umhergeweht.

Kuhhaare

LONG LANE ECKE WEST SMITHFIELD

Morgen

21. JUNI 2000

Morgen und Nacht

21. JUNI 2000

Morgen und Nacht

22. JUNI 2000

KUH

Morgen

23. JUNI 2000

Nacht

23. JUNI 2000

Morgen

24. JUNI 2000

Schafwolle

CHARTERHOUSE SQUARE

Morgen bis Morgen

21. UND 22. JUNI 2000

SCHAF

22. JUNI 2000

SCHAF

gegenüber:
Nacht
24. JUNI 2000

diese Seite:
Morgen
25. JUNI 2000

Krähenfedern

CHARTERHOUSE SQUARE

Morgen bis später Nachmittag

21. JUNI 2000

nächste Seite:

22. UND 23. JUNI 2000

KRÄHE

KRÄHE

KIESELSTEINE   KREIDE

Schneeball mit Kieseln
Bastion, Alte Stadtmauer
London

Schneeball mit Kreide
Bunhill Fields

Innenstadt London
Morgen
21. Juni 2000

Mittwoch, 21. Juni 2000

Die Reaktionen auf die Schneebälle waren so unterschiedlich. Viele Leute mussten sie anfassen, sonst hätten sie nicht geglaubt, dass sie wirklich aus Schnee sind. In dieser Hinsicht war der auf dem Friedhof Bunhill Fields ein voller Erfolg: am Ende eines langen Wegs platziert, konnte man ihn schon von weitem sehen. Ein Mann dachte, wie er mir erzählte, es sei Schnee, konnte es aber nicht glauben. Je näher er kam, umso stärker wies er den Gedanken, es könnte wirklich Schnee sein, von sich, bis er ihn schließlich anfassen konnte. Das Anfassen ist eine Bestätigung – wir überprüfen damit, was wir sehen und wie wir es sehen.

Donnerstag, 22. Juni 2000

Ich habe mir den Kreideschneeball angesehen, kurz nachdem der Friedhof Bunhill Fields seine Tore geöffnet hatte, und was sich auf der Erde angesammelt hatte, sah gut aus. Der Schneeball liegt an einer geschützten Stelle und taut langsamer als einige andere. Er hat noch ein paar Tage vor sich.

Am Abend habe ich noch einmal an allen Standorten vorbeigeschaut. Der Friedhof war geschlossen, aber ich habe einen Torschlüssel. Es ist ein ungemein friedlicher, stiller und geschützter Ort, ein heiliger Bezirk verglichen mit den Straßen. Es hatte geregnet, und der Schneeball spiegelte sich in den nassen Bodenplatten. Er fängt an, an den Seiten zu schmelzen, und bekommt dadurch eine längliche, aufrecht stehende Form, die mit den Grabsteinen in seiner Nähe korrespondiert.

Freitag, 23. Juni 2000

Der mit Kieselsteinen gefüllte Schneeball war fast vollständig geschmolzen, bis auf ein graues Schneeklümpchen, das selbst fast wie ein Kiesel aussah, im Mittelpunkt der Stelle, an der der Schneeball ursprünglich gelegen hatte. Beim Herunterfallen der Steine war ein kreisförmiges Muster mit einem Loch in der Mitte entstanden, das der Auflagefläche des Schneeballs entsprach. Das größte Problem bei diesem Schneeball war, dass die Leute seinen Inhalt mitnahmen. Mir fehlte der Steinhaufen, der sich ansonsten auf ihm und um ihn herum gebildet hätte.

Der Kreideschneeball erodiert allmählich. Ich sehe hier immer wieder die gleichen Gesichter. Viele Leute kommen vor und nach der Arbeit vorbei, um ihn sich anzusehen. Es ist schwer, die Reaktionen und Blicke der Betrachter zu beschreiben. Ich hatte eine Kamera mit Stativ aufgestellt, um den Kreideschneeball im grellen Sonnenlicht zu fotografieren, als eine Frau kam und ihn anfasste. Dieses Bild sagt mehr als Worte.

Samstag, 24. Juni 2000

Letzte Nacht wurde der Schneeball geköpft, was ein Jammer ist. Er fing an, sich ähnlich zu entwickeln wie der Kreideschneeball in Glasgow: Er wurde allmählich zu einer schlanken Säule, die so gut strukturiert wirkte, dass viele dachten, es sei eine bewusst gestaltete Skulptur. Als ich am Abend wiederkam, hatte jemand den übrig gebliebenen Schneeklumpen gegen einen Zaun in der Nähe geworfen, wo er schon fast geschmolzen war.

Kieselsteine

BASTION, STADTMAUER

Morgen und Nachmittag

21. JUNI 2000

KIESELSTEINE

Morgen bis Morgen

22. UND 23. JUNI 2000

KIESELSTEINE

KIESELSTEINE

KREIDE

Kreide

BUNHILL FIELDS

Morgen (*vorige Doppelseite*),
Morgen und Nachmittag (*oben und rechts*)
21. JUNI 2000

KREIDE

KREIDE

Morgen bis
Abenddämmerung

22. JUNI 2000

KREIDE

Morgengrauen
bis später Nachmittag
23. JUNI 2000

KREIDE

Morgengrauen

24. JUNI 2000

Nachmittag

24. JUNI 2000

KREIDE

KIEFER, ESCHE, KASTANIE – am Donnerstag, 22. Juni, gegen vier Uhr morgens zerstört

HOLUNDER – am 22. Juni gegen Mittag in einen Gully gefegt

ÄSTE – am frühen Abend des 22. Juni weggetaut

KIESELSTEINE – am Freitag, 23. Juni, gegen Mittag weggetaut

GERSTE – am 23. Juni gegen Mittag weggefegt

STACHELDRAHT – am Vormittag des 23. Juni völlig geschmolzen

KUHHAARE – am Samstag, 24. Juni, im Lauf des Nachmittags verschwunden

KRÄHENFEDERN – am 24. Juni spät abends geschmolzen

KREIDE – letzter Schneerest am Abend des 24. Juni entfernt

WOLLE – erst am Sonntagvormittag, 25. Juni, endgültig getaut

METALL – letzte Schneerest bis zum Montagmorgen, 26. Juni

ROTER STEIN

Samstag, 25. August 2000
Gestern wurde der letzte der vierzehn Schneebälle in der Curve Gallery im Barbican Centre installiert. Ich hatte eigentlich geplant, ihn während der Ausstellungseröffnung schmelzen zu lassen, was aber nicht möglich war, weil die Verantwortlichen fürchteten, die Besucher könnten auf dem nassen Fußboden ausrutschen. Um den Schneeball vor Publikum schmelzen zu lassen, hätten wir entweder eine Auffangschale für das Wasser darunterstellen oder ihn im Freien platzieren müssen.

    Beide Lösungen fand ich indiskutabel. Die Installation im Freien wäre eine Wiederholung ohne Sinn und Zweck gewesen, und eine Auffangschale hätte den Schmelzwasserfluss behindert und den entstehenden Fleck eingegrenzt – und somit den Schneeball von dem Gebäude getrennt, mit dem er sich beim Schmelzen verbinden sollte.

    Daher beschloss ich, den Schneeball im Voraus schmelzen zu lassen, sodass die Besucher bei der Ausstellungseröffnung mit seinem Schatten – einem Fleck auf dem Fußboden, der Spur seiner Existenz – konfrontiert wurden.

    In mancher Hinsicht gewann das Ganze dadurch an Aussagekraft. Es erinnerte mich an die Sandskulptur, die ich 1994 im Britischen Museum in der Abteilung für ägyptische Kunst vor einer Ausstellungseröffnung gemacht, fotografiert und wieder entfernt hatte. Damals hatte die Museumsleitung befürchtet, eine so große Skulptur könne die Bewegungsfreiheit der Besucher beeinträchtigen. Sie wurde daher als Bild präsentiert, das auch auf dem Ausstellungsplakat zu sehen war. Obwohl die Idee dahinter stand, dass die Leute durch ihr Fehlen an ihr Vorhandensein erinnert werden sollten, hatte sie auch manifeste Spuren ihrer Existenz in Form einer leichten Verfärbung des Fußbodens hinterlassen, die noch Jahre später sichtbar waren – wenn man wusste, wo man danach zu suchen hatte.

    Auch wenn die Schneebälle aus dem Stadtbild verschwunden sind, schlummert die Erinnerung an sie dort, wo sie geschmolzen sind.

    Es war schwierig, den Schneeball in die Galerie zu schaffen. Natürlich wusste ich, dass er nicht durch die Tür passte, und war darauf vorbereitet, an den Seiten ein wenig Schnee abzukratzen, damit er durchging. Dass allerdings mehr als dreißig Zentimeter entfernt werden mussten, erstaunte mich schließlich doch. Als er dann endlich in der Galerie war, klebte ich den Schnee wieder dort an, wohin er gehörte.

    Bald wurde klar, dass beim Schmelzen viel mehr Wasser freigesetzt wurde, als ich geahnt hatte, und ich fing irgendwann an, das überschüssige Wasser aufzuwischen. Da es im angrenzenden und im darunterliegenden Raum elektrische Anlagen gibt, musste ich darauf achten, dass sich nicht zu viel Wasser an den Seiten des Raums sammelte.

    Die größte Sorge bereitete mir die Tatsache, dass der Schneeball klares, ungetrübtes Wasser freigab. Gegen Abend vermischte es sich jedoch allmählich mit dem Rot.

    Am Abend sah ich mir eine Vorstellung im Barbican-Theater an, und als ich danach in die Galerie zurückkam, stellte ich fest, dass sich eine sehr große Wasserlache gebildet hatte. Ich war niedergeschlagen. Die Installation hatte mich angestrengt, ich hatte Kopfschmerzen, und nun würde ich die halbe Nacht hier bei dem Schneeball verbringen müssen. Ich wischte so viel Wasser wie möglich auf und ging in mein Hotel, um mir wenigstens zwei Stunden Schlaf zu gönnen.

Im Lauf der Nacht verstärkte sich der Fluss der roten Farbe, was mir trotz des Schlafmangels neue Energie gab. Auch wenn ich im jetzigen Stadium des Werks nur noch eine passive Rolle spielte, war es mir wichtig, anwesend zu sein und den Prozess zu überwachen.

Vielleicht hätte ich zuerst – ohne den Druck der Ausstellung – einen Schmelzversuch machen sollen. Aber mir gefällt die Spannung, die mit Risiken verbunden ist. Je älter ich werde, desto besser halte ich es aus, wenn das Ergebnis einer Installation unberechenbar ist. So ist die Galerie für mich eher ein Atelier als ein Ausstellungsraum.

Sonntag, 26. August 2000
Heute hat sich die Rotfärbung intensiviert und weiter ausgebreitet, und der Schneeball ist nur noch etwa halb so groß wie gestern. Bald wird, so hoffe ich, der Punkt erreicht sein, an dem die Größe des Schneeballs nicht mehr ausreicht, das bisher erreichte Ausmaß an Schmelzwasser zu halten, sodass der Wasserfleck, der auf dem Boden entstanden ist, zu trocknen beginnt. Bis dahin muss ich den Schneeball weiter beobachten und ich werde auch die kommende Nacht hier verbringen.

Unterdessen haben sich in der Lehmwand ständig neue Risse gebildet. Hinter der Wand befinden sich verborgene Belüftungsöffnungen, durch die während des Auftragens ständig Luft zirkulierte, sodass in manchen Bereichen der Wand vorzeitig Risse entstanden, die für mein Empfinden zu dominant sind. Wir haben die Luftzufuhr jetzt abgeschaltet.

Während die Lehmwand langsam trocknen soll, wäre für den Schneeball ein wenig Luftzufuhr vorteilhaft, weil dadurch das Wasser schneller verdunsten und die Farbpigmente in stärkerer Konzentration hervortreten würden. Außerdem geht beim Aufwischen des Wassers auch Farbe verloren, was schade ist. Durch die Verdunstung entstehen beim Trocknen Muster und Veränderungen, die sich nicht ergeben, wenn das Wasser allzu schnell aufgesogen wird. Die Farbpigmente verteilen sich ungleichmäßig im Wasser, sodass beim Verdunsten Wasserlinien auf dem Boden zurückbleiben.

Zwischen der Wand und dem Schneeball existiert eine interessante Verbindung. Beide Werke bedienen sich in ihrer Wirkung der Oberflächenspannung – was bei der Wand deutlicher zum Ausdruck kommt als beim Schneeball, weil ich jedes Mal, wenn ich gezwungen bin, Wasser aufzunehmen, die Oberfläche zerstöre.

Heute hat es so stark geregnet, dass sich auf Straßen und Gehwegen Pfützen gebildet haben. Ich habe ein bisschen Farbe vom Schneeball genommen und drei Pfützen rot gefärbt: eine auf dem Bürgersteig, zwei auf der Straße. Auf dem schwarzen Asphalt wirkte das Rot ziemlich grell – eher wie Blut als wie Stein, eine Assoziation, die mir gefällt.

Mir gefällt es auch, eine Verbindung zu schaffen zwischen den Straßen und Plätzen der Stadt und dem Schmelzprozess und dem allmählichen Verschwinden des Schneeballs im Innern der Galerie.

Montag, 27. August 2000
Ich habe fast die ganze Nacht in der Galerie zugebracht. Das Wasser ergießt sich über den gesamten Fußboden. Die rote Farbe hat sich in der ganzen Lache ausgebreitet, sodass es schwierig ist, Wasser aufzuwischen, ohne die Farbzeichnung massiv zu verändern. In gewisser Weise ist es angebracht, dass ich mit meinem Eingreifen Einfluss auf ihr Aussehen nehme und dass meine Anwesenheit ihre Spuren in der Zeichnung hinterlässt.

ROTER STEIN

Ich habe fast nur noch an den Rändern der Lache Wasser aufgenommen, wo es noch klar war. Aber ich konnte immer nur eine kleine Menge aufwischen – anders als in der letzten Nacht, in der ich das Wasser großzügig aufsaugen konnte. Folglich war ich fast die ganze Nacht auf den Beinen und habe nur gelegentlich ein Nickerchen auf einer der Bänke im Foyer gemacht. Irgendwann ging der Feueralarm los, und ich musste das Gebäude verlassen, während die Feuerwehr nach der Ursache forschte. Es stellte sich heraus, dass sich in einem Aufzugsschacht Rauch entwickelt hatte.

Die Arbeit erweist sich als wesentlich anstrengender, als ich gedacht hatte, aber auch als sehr interessant. Zuzusehen, wie etwas geboren wird und wächst, ist mit einer dumpfen Unruhe und trägen Spannung verbunden, die mehr von der Sorge gespeist wird, was passieren könnte, wenn ich nicht da bin, als von den Vorgängen, die sich in meiner Anwesenheit abspielen. Ich langweile mich, wenn ich vor Ort bin, würde aber am liebsten schon in dem Augenblick wieder kehrt machen, in dem ich die Tür hinter mir zumache, weil ich weiß, dass die Probleme immer dann auftreten, wenn ich nicht da bin.

Am Abend war kaum noch Schnee übrig, und ich hatte das Gefühl, dass sich mein Wachdienst dem Ende näherte. Mittlerweile hatte sich das Schmelzwasser auf ein kleines Rinnsal reduziert, und das bisschen Feuchtigkeit, das sich am Boden sammelte, trocknete sehr schnell im Luftzug der aufgestellten Ventilatoren. Genau so war es auch geplant. Ich sah mir den Film *Time Code* an, der gerade im Kino des Barbican Centre lief, und als ich zurückkam, war die Lache weiter auseinander geflossen. Zu meiner Enttäuschung waren zwei Inseln blanken Fußbodens, die ich zu erhalten gehofft hatte, jetzt fast vollständig mit Wasser bedeckt.

Das bedeutete auch eine weitere Nachtwache in der Galerie.

Dienstag, 28. August 2000
In der Nacht verlangsamte sich der Schmelzprozess. Das Werk erreichte einen Punkt, der dem höchsten Stand der Flut ähnelte, bevor sich das Wasser zurückzuziehen beginnt. Gegen drei Uhr nachts konnte ich unbesorgt in mein Hotel gehen. Als ich am Vormittag wieder in der Galerie ankam, war der Schneeball verschwunden.

Es war ein interessanter Abschluss des ganzen Projekts, einen Schneeball in einem geschlossenen Raum schmelzen zu sehen. Im Freien wirkten die Schneebälle so zart und zerbrechlich. Im Innenraum der Galerie kehrte sich der Eindruck um – es war eher das Gebäude, das einem bedrohlichen Einfluss ausgesetzt zu sein schien, nicht der Schneeball. Ich habe nicht bei dem Werk Wache gehalten, um den Schneeball zu schützen, sondern um das Gebäude vor Schaden zu bewahren.

Es tat gut, den Schmelzprozess dieses einen Schneeballs in seiner ganzen Kraft mitzuerleben, zuzusehen, wie sich das Füllmaterial an der Oberseite zu einem Hügel auftürmte und wie das ganze Gebilde schlank und länglich wurde, bevor es in sich zusammenbrach. Als ich das Barbican Centre heute Abend verließ, regnete es. In der Silk Street entdeckte ich ein Rinnsal, das eine beachtliche Strecke weit in der Mitte des Gehwegs dahinfloss – was für ein großartiger Standort das doch für meinen Schneeball gewesen wäre! Ich sah direkt vor mir, wie sich der blutrote Strom auf den Boden ergoss – wie die Menschen zuerst das rote Rinnsal entdeckten, ihm dann bis zu dem Schneeball folgten und ihn anfassten, wie sie alle anderen Schneebälle auch angefasst hatten, nur dass diesmal ihre Hände rot waren, wenn sie sie zurückzogen ... die vielen Kinder, alle rot gefärbt.

ROTER STEIN

ROTER STEIN

ROTER STEIN

ROTER STEIN

ROTER STEIN

ROTER STEIN

ROTER STEIN

ROTER STEIN

ROTER STEIN

ROTER STEIN

DANK

Dank schulde ich an erster Stelle dem Barbican Art Centre, das die Organisation dieser aufwendigen und ehrgeizigen Installation übernommen hat, und der Firma Christian Salvesen, die in ihrer Großzügigkeit nicht nur vierzehn Schneebälle von beträchtlicher Größe bis zu achtzehn Monate in ihren Kühlräumen in Dundee gelagert, sondern auch deren Transport nach London übernommen hat. Von den Mitarbeitern des Barbican Centre danke ich insbesondere Conrad Bodman (Kurator), Carol Brown (Ausstellungsleiterin), John Hoole (Leiter der Kunstgalerien), Peter Sutton (Betriebsleiter), Patrick Cameron (Organisator der Ausstellungen) sowie Lisa Collins, Alison Green und Fiona Lowry, die mich unterstützt haben, wo es nur ging. Bei der Firma Christian Salvesen fand ich freundliche und großzügige Unterstützung durch David Cornwall, Colin Craig, Jim Davidson und John Davidson in den Lagerhallen in Dundee, Frances Gibson-Smith im Büro Northampton und Paul Pegg in Petersborough.

Sommerschnee wäre jedoch nicht möglich gewesen ohne die Hilfe vieler anderer Menschen, und folgende Personen und Institutionen möchte ich hier besonders erwähnen:

für Wetterberichte und Schneemeldungen vom Glen Shee: Shona Ballantyne, Stuart Davidson und Kate Hunter

für ihre Hilfe beim Sammeln der Füllmaterialien für die Schneebälle: André und Linda Goulancourt sowie Andrew Morton (Haare von Hochlandkühen); Leo Fenwick (Kastanien)

für die Wartung der Fahrzeuge: Robin Thomson von der Reparaturwerkstatt Keir in Penpont

für ihre Hilfe beim Schneeballmachen zu verschiedenen Zeiten in Dumfriesshire und Perthshire: Julian Calder, Bob Clements, Wallace Gibson, Ellie Hall, Andrew McKinna, Simon Phillips und Nick Spencer

für die Zwischenlagerung der ersten Schneebälle, nachdem wir sie aus den Bergen von Dumfriesshire heruntergebracht hatten und bevor sie nach Dundee weitertransportiert wurden: George Adamson und Keith Houliston von der Firma Galloway Frozen Foods, Dumfries

für die Zwischenlagerung der Schneebälle vom Glen Shee, bis sie nach Dundee gebracht werden konnten: Scottish Soft Fruit Growers Ltd., Blairgowrie, insbesondere Flo Lynch

für den Transport der Schneebälle mit Tiefladern von den Kühl-Lkws zu ihren verschiedenen Standorten in der Londoner Innenstadt: Kevin Ball, Andrew Malcolm, Anthony Stone und Jack Turner von M Tec, Conrad Bodman, Carol Brown, Patrick Cameron, David Clark, Peter Greaves, Alison Green, John Hoole, Adrian Lockwood und Mike Marison vom Barbican Centre sowie meinen Assistenten Andrew McKinna und Simon Phillips.

Nachdem die Schneebälle installiert waren, haben Kunststudenten der Universität Hertfordshire unter der Leitung ihres Dekans Chris McIntyre und der Fakultätsleiterin Judy Glasman in vier Teams gearbeitet, um den Schmelzprozess in einem Videofilm zu dokumentieren, der vom 30. August an als Endlosschleife im Rahmen der Ausstellung *Time* in der Curve Gallery im Barbican Centre gezeigt wurde. Judy Glasman fungierte als Producerin und Projektleiterin; bei Kameraführung und Schnitt haben sich vor allem Helen Halliday, Anne Noble Partridge, Samuel Smith und Dorothy Szulc hervorgetan. Zu den vielen Studenten, die zwischen den verschiedenen Standorten hin und her wechselten, um den Fortschritt des Schmelzprozesses zu dokumentieren und – in manchen Fällen – die Beschädigung der Schneebälle zu verhindern, gehörten: Angela Ball, Maggie Banks, Serena Bellamy, Henriette Busch, Gillian Cousins, Rita Dare, Sarah Dorans, Lucy Evans, John Fisher, Veronica Furner, Caren Georgy, Emma Gosling, Sam Harrison, Chris Jefferies, Irene Measures, Helen Rainsford, Susan Rooke, Sylvana Taijah, Lily Tsang, Wendy Tuxill, Joe Walker, Stuart Waller, Julie Walters-Hill, Marilyn Whittle und Ewa Warwrzyniak.

Die Fotografien in diesem Buch wurden von verschiedenen Personen aufgenommen, denen ich dankbar bin, dass sie mich bei dem schwierigen Unterfangen unterstützt haben, das Geschehen an so vielen Orten über mehrere Tage hinweg in Bildern zu dokumentieren: Julian Calder – S. 4, 26, 38, 43 (o., u.), 52 (o. r.), 54 (o.), 62 (o.), 68 (u.), 89 (o. r.), 90-91, 94-95, 103, 126-127; Cameron und Hollis – S. 48 (o. l., o. r., M. l., M. r.), 54 (u.), 57 (u. r.), 81, 82, 83, 89 (o.), 114 (o.), 120 (o., u.), 121 (u.), 128 (o.), 134 (o.); Sarah Castle – S. 56 (u.), 59 (M.), 77, 78 (o. l., o. r.); John Cole – S. 59 (o.), 62 (M.), 65 (o., M.), 66 (o.), 67 (M. r., u. r.), 68 (o. r.), 71 (o., M.), 72 (o., M., u.), 73 (u.), 75 (o. l., o. r.), 80 (o. r.), 88-89, 94 (o., M. o., M. u., u.), 110 (o.), 134 (M., u.); Louisa-Jane Dalkeith – S.73 (o.), 131 (u. l., u. r.); Chris McIntyre – S. 48 (u.), 49, 107 (o.); Simon Phillips – S. 55 (u.), 62 (u.); David Reed – S. 52 (l.), 56 (o.), 57 (o.), 59 (u.) 63, 66 (u. l., u. r.), 67 (o. l., o. r., M. l.), 68 (o. l., M. l., M. r.), 69 (o. l.), 76, 89 (o. l.), 90, 93 (u.), 104 (o.), 107 (u. l., u. r.), 111 (o. l., o. r.), 121 (o.), 130, 132, 137 (o.).

Alle anderen Bilder wurden von Andy Goldsworthy fotografiert.